U0086110

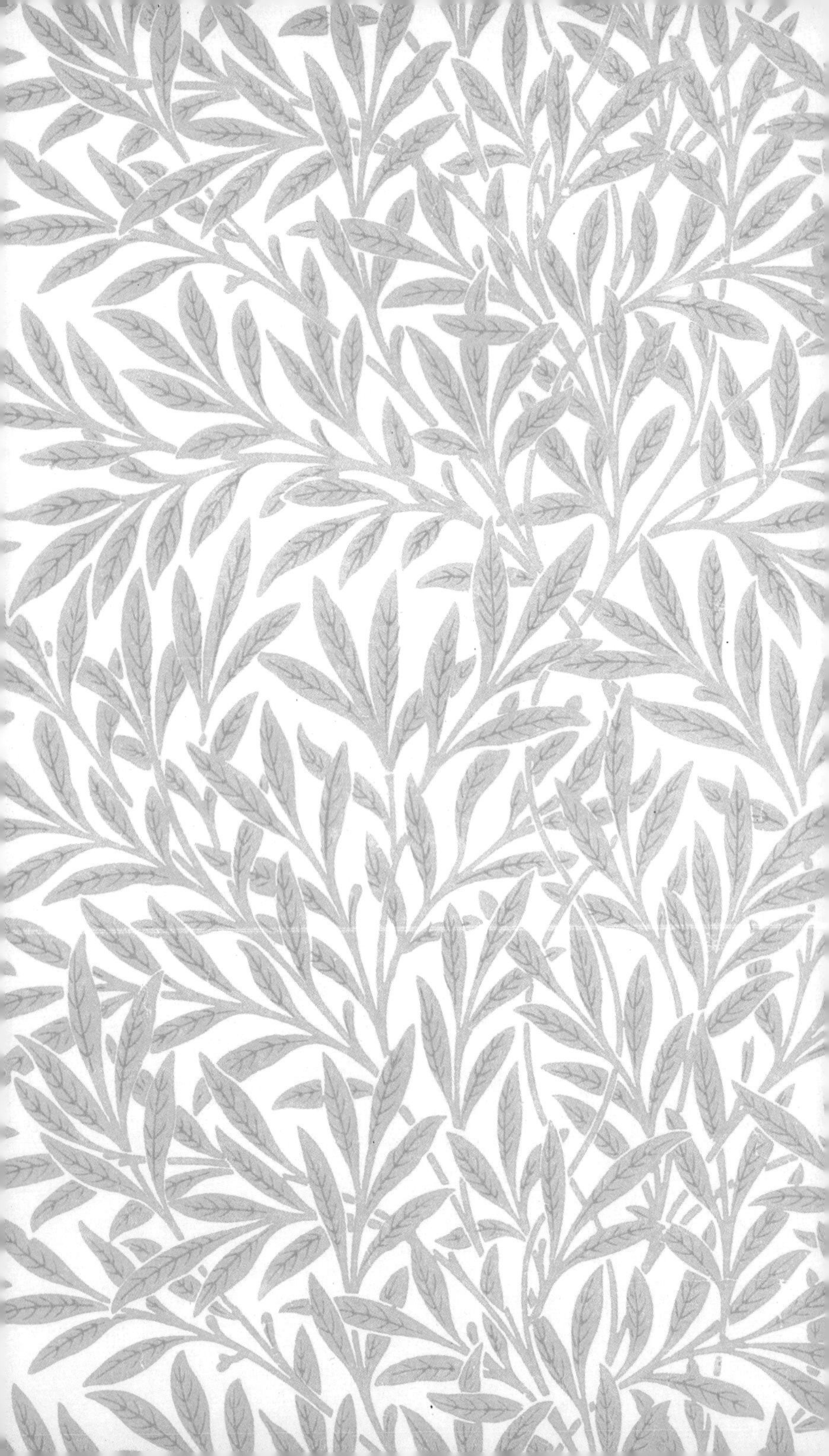

三民叢刊177

遙遠的歌

夏小舟　著

三民書局印行

夏小舟的故事

小民

夏小舟是女人四十，一枝花般的女子。她的新書《遙遠的歌》中，有四十五件現代人婚姻的故事。有的是假面婚姻，有的是雖不美滿，但心甘情願的愛。內容總是繞著近些年更加流行的「外遇」問題，當然是男人外遇較多囉！

夏小舟本人便是外遇受害者，想來，小舟是跳出自身的悲情，站在高處看世上諸多不幸，而忘了個人婚姻的痛。又憑著她對耶穌基督的教導，寬恕了遺棄她的丈夫。為了這份寬恕，上帝就另賜給小舟一位真正愛她的好丈夫，那位叫家聲學科學的北平世家子弟，對小舟呵護備至，兩人恩愛的在美國過著甜蜜的日子。

小舟的故事，總使我想到幼年初讀到一篇丈夫負心，妻子跳水自殺，哀憐悽惻的美文。當時我不過十來歲吧，其實並不大懂得什麼是移情別戀，更別說婚外情了，連聽都沒聽說過。是一篇國文代課老師發下油印的叫〈婉容詞〉的文稿，若不是老師在臺上邊讀邊講解，我們這些高小畢業班同學，誰也不敢說能懂呢。就是老師細心導讀了，像我這樣對文學敏感的女孩子，能體會被曾經恩愛的丈夫變心拋棄少婦的苦情，被感動得執淚盈眶的同學，也很少吧！

多年來，每當我聽見男人負心、女人受害的事件，便不由自己想到〈婉容詞〉。可惜當時年幼，讀後雖同情婉容刻骨銘心活不下去了的哀傷，但年代日久已記不全整篇文句，幸而去歲遊長江三峽，順道至四川成都，重晤半世紀以前的好友，竟在他們贈送的書籍中，發現盼望已久的〈婉容詞〉。

原來這篇傑作的作者是吳芳吉先生，四川江津人。據說婉容確有其人，作者同情她的遭遇而寫。〈婉容詞〉發表在五四運動前夕（一九一八年八月），刊登於上海《新群》雜誌，曾引起廣大迴響。年輕人競相傳抄、傳誦，且改編成話劇演出，甚至有學校選為教材。現在我將全文抄錄於後，以表同情婚姻受折磨的女性，及對忍受苦難，堅強勝過的失婚者，表達崇高的敬佩：

——婉容、某生之妻也。生以元年赴歐洲，五年渡美，與美一女子善，女因嫁之，而生出婉容，婉容遂投江死。

天愁地暗，美洲在那邊？剩一身顛連，不如你守門的玉免兒犬。殘陽又晚，夫心不回轉。

自從他去國，歷經了亂兵劫。不敢冶容華，恐怕傷婦德。不敢出門閭，恐怕污清白。不敢勞怨說辛酸，恐怕虧殘大體成瑣屑。牽住小姑手，圍住阿婆膝。一心裡生既同衾死共穴。那知江浦送行地，竟成望夫石。江船一夜語，竟成斷腸訣。離婚復離婚，一回書到一煎迫。

我語他無限意，他答我無隻字。在歐洲進了兩個大學，在美洲得了一重博士。他說離婚本自由，此是歐美良法制。他說我非負你你勿愁，最好人生貴自由。世間女子任我愛，世間男子隨你求。

他說你是中國人，你生中國土。中國土人但可憐，感覺那知樂與苦。

他說你待我歸日路渺，恐怕我歸來，你的容顏槁，百歲幾人偕到老，不如離別早。你不聽我言，麻煩你自討。

他又說，我們以前是夢境，我何嘗識你的面，你何嘗知我的心。但憑一個老媒人，作合共衾枕。這都是野蠻濫具文，你我人格為掃盡。不如此黑暗永沉沉，光明何日醒。

他又說，給你美金一千元，賠你典當路費舊釵鈿，你拿去買套時新好嫁奩。不枉你空房頑固守六年。

我心如冰眼如霧，又望望半載，音書絕歸路。昨來個他同窗好友言不誤，說他到綺色佳城歡渡蜜月去。

我無顏見他友，只低頭不開口。淚向眼包流，流了許久，應半聲，先生勞駕，真是他否？

小姑們生性憨，同聲來笑相向，說我的哥哥不要你，不怕你如花嬌模樣。顧燦燦的燈兒也非昔日清，那皎皎的鏡兒不比從前亮。只有床頭蟋蟀聽更真，窗外明月親堪望。

錯中錯，天耶命耶，女兒生是禍。欲留我不羞，只怕婆婆見我情難過。欲歸我不辭，只怕媽媽見我心傷墮。想姊姊妹妹當年伴許多，奈何孤孤單單竟剩我一個。

一個免掛牽，這薄情的世界，何須再留戀。只媽媽老了，正望她兒女陪笑言。不然、不然，死雖是一身冤，生也是一門怨。

喔喔雞聲叫，唯唯狗聲咬，噹噹壁鐘三點漸催曉。如何週身冰冷，尚在著羅綃？這簪環齊拋，這書札焚掉。這媽媽給我荷包，繫在身腰。再對鏡兒瞧一瞧，可憐的婉容啊，你消瘦多了。記得七年前此夜，洞房一對璧人嬌，手牽手嘻嘻笑。轉瞬今朝，與你空知道。

茫茫何處，這邊縷縷鼾聲，那邊緊緊門戶。暗摩挲偷出後園來四顧，閃閃晨星，一瓣殘月，冷掛籬邊墓。那黑影團團，可怕是強梁追赴？竟來了啊！親愛的犬兒玉兔。你偏知恩義不忘故，你偏知恩義不忘故。

一步一步，蘆葦森森遮滿入城路。何來陣陣炎天天風，蒸得人渾身如醉，攪亂心情愫。呀！那不是我的阿父，那不是我的阿父。看他鬢髮蓬蓬，杖履冉冉，正遙遙等住。前去、前去，去去牽衣訴，卻是株江邊白楊樹。

白楊何枝枒，驚起棲鴉。正是當年離別地。一帆送去，誰知淚滿天涯。玉兔啊，我喉中梗滿是話，欲語只罷。你好自還家，好自看家。一剎那，砰磅浪噴花，轇轕岸聲答。息息索索，泡影浮沙。野闊秋風緊，江昏落月斜。只玉兔雙腳泥上抓，一聲聲，哀叫她。

這篇簡潔可喜，詞句押韻的美文，可以說是道盡丈夫變心，賢淑的中國女子，無助無告的哀衿，足可稱為千古絕唱。但小舟卻以她文學的造詣，及自強自愛的毅力，克服人生的低潮。她在《遙遠的歌》中許多小故事，及之前她寫的三本書《夢裡有隻小小船》、《東方・西方》、《愛的美麗與哀愁》，內容大都是男女情感的小故事。很慶幸當初將小舟引介給三民書局，因為小舟的故事娓娓動聽，涵蘊了無限的愛與寬諒，獲得三民書局編輯部一致讚賞。

「認識」小舟也有好幾年了，至今未曾見面。最早和她通信時，她還在日本教書，她說因為系上訂了一份臺灣的日報，看多了臺灣報紙副刊，也試著向臺灣副刊投稿，居然大受歡迎，每投必中。原來小舟在大陸念文學博士學位時，就常為一些刊物撰寫專業及文藝性小文章。到了日本，再一次受到也是東方學院的薰陶，見識增廣，更使她紮實了文學根底，筆下所寫自是耐人尋味。

舉凡優秀作品，首先條件是格調高，品味雅。這一點，乃小舟作品的特色之一。其他如展現作者豁達開明的人生觀，因為一般散文作品都離不了作者生命經歷、生活體驗。作者能在順境中更求上進，逆境中不灰心氣餒。她的筆下雖常是些男人女人哀怨喜樂的小故事，我們由她文章裡，卻讀不出怨天尤人，得意忘形的地方。

《遙遠的歌》是小舟在臺灣出版的第四本書，原先她寫信要我為她即將問世的「新生兒」說幾句祝福的話，告訴我書名還是《愛是心甘情願》，三民叢刊預告的書目上，也是《愛是心甘情願》。想來是因編輯部認為書裡有些不心甘情願，而是假面騙婚的個例在內。如今改為《遙遠的歌》，倒滿切合這本新書內容。

讀小舟新書除了驚喜她居然知道這麼多婚姻的小故事，辛勤的寫了出來，更欽佩她的見解，如：「好朋友不是好丈夫」、「柴米夫妻更是緣」、「勿嫁同行」，以及婚姻與生育、飲食、體質等問題，和「婚前的盲點」。說這本書是中國人婚姻顧問也很合適哪，真要恭喜小舟啦！

遙遠的歌　目次

第二輯　愛是心甘情願

第一輯

假面婚姻

鳳凰臺上憶吹簫

顧秋影是個多福的女人，先是嫁得好，丈夫劉平則是許多女人心中的理想丈夫，有錢、體健、多才華，人又溫存體貼。平則是北京世家子弟，舉家避難臺灣，元氣是傷了不少，但餓死的駱駝比馬大，七十年代，一般小戶人家還為柴米油鹽斤斤計較時，他父母就能拿出一些綠鈔票——美金來了，送他到了美國，他不學工程，也不學法商，學的是文科，父母有些傷心，料定他日後沒有大的發展了。誰知道他一取到博士，就有大學聘他，十多年學院生活，平平安安地過下來了。大學教授薪水不多，但終身位置一坐定，也是個皇上都眼紅的好差事，面子上榮光很得。顧秋影是上海小姐，四八年全家人跑到香港，父親是個疏懶了骨頭和心智的大少爺，先前在上海，家裡靠的是鄉下的佃租和祖上留下的房產、金銀骨董過日子，到了香港還不是坐喫山空?顧秋影最落魄時是父親去世，母親病重，她又還未成長到可以謀生的年齡那段日子，「啥子辰光呀!連皮蛋粥阿拉也勿得喫足的!」大了以後，特別是嫁了劉平則，小康日子過得滿舒心時，她就喜歡講那段香港時光，劉平則不吭聲，吸著那隻從不離口的核桃木煙斗，微笑地打量著她。顧秋影是個不易老去的女人，個子小小的，小個子的女人都不易老，她又注意保養，看起來要比同年齡的女人小了好多歲去。學生物化學的顧秋影一畢業就嫁了劉平則，她是個務實的女人，總覺得女人就要在家裡才像個女人。別的教授夫人這些年都不安份起來，有的開餐館，有的開咖啡座，只有她，篤定在家做太太。

顧家、劉家在臺、港、大陸都有不少親戚想來美國唸書，劉平則挺熱心，顧秋影卻一概回絕了，她懶得攬事。所以，劉平則乾脆不和她商量，當那個叫朱天璐的女人拎著行李，敲開房門，膽怯怯地叫了她一聲四表姑時，她氣憤得差一點把她推了出去。可她眼尖，一下子就看見站在朱天璐後面的劉平則，只見他穿著藏青色的西服，領帶是他最寶貴的那條，杭州手繡的真絲山水領帶，正訕訕地望著她，手上提著一個標著北京東風皮件廠出品招牌的新皮箱，頭髮是剛剛吹過的，顧秋影忙急步向前，掏出一方手帕，她個小，劉平則又太高，偏偏她又只穿著一雙軟底繡花拖鞋，於是，她踮起腳尖，豐腴的女人身子貼上去，邊幫劉平則拭去額頭上的汗珠邊說，「儂累壞了身子了！快放下！快放下！」

劉平則放下了手提箱，一回頭，看見朱天璐正冷冷地望著他和她呢！

夜裡，顧秋影把劉平則審了個夠，她拉起毛毯，蓋住自己穿了一身碎花絨布睡衣的身子，幽幽地說，「你倒是說話來，她是你那門子的親戚？我早要你閑事少管，如今人都來了，我倒成了外人，蒙在鼓裡了！」劉平則不出聲，朱天璐就住在他家的地下室，夜靜靜的，聽不到什麼聲音，已是深秋，後院居然還有幾聲蟲鳴，拖著軟軟的哇啦、哇啦的腔調，再細一聽，又萬籟俱寂了。劉平則推了一把顧秋影，說，「睡吧！睡吧！她是遠房表嬸的姪女，是不該管，但她年年輕輕離了婚，她又是個有抱負的才女，出過好幾本小說集了，來我那個系唸書，還不是輕而易舉的事？反正誰申請都一樣，我想她好歹是親戚，早先她母親和我家走得挺近的，反正有獎學金，不用我們多花費。」顧秋影在黑暗中望定劉平則的雙眼，半個身子都撐起來了，說，「那她住哪？」劉平則說，「住學校的公寓吧！租金挺便宜，也省得妳眼見心煩。」顧秋影說，「住我們家也好，反正房子也空著，交一點租金就好了，親兄弟，明算帳，金錢方面總該一清二楚的。」

顧秋影打起了均勻的呼嚕，劉平則緊閉著眼，覺得身子沉了下去，這幢始建於三十年代的老房子，據說曾屬於美國南部的莊園主，細節很講究，但畢竟舊了些，地板會莫名其妙地炸著自顧自的響聲，地下室的門更是吱吱地像患哮喘的老人，一碰就奏起風箱聲。

偌大的房子裡，有一個男人，兩個女人了。劉平則不知為什麼，想起了他父親在大陸做官時，曾經瞞著母親，跟一位做小學教員的女人來往著，他家是北方人，那女人卻是南邊來的，南邊的口音在北方人聽來好像大珠小珠落玉盤的喧嘩。後來父親逃到臺灣，那女人不肯跟著，滯留大陸，嫁了一個姓朱的共產黨的高官，她生來就是個嫁高枝的命。朱天璐就是她的獨生女兒，七年前，劉平則到大陸講學，受老父之托，曾經到朱家看望父親從來沒有名正言順過的寵妾。朱太太枯瘦得像風乾的北京土產山楂果，只有一層皮包著薄薄的果肉。她的丈夫倒胖得像湯圓似的，坐下時像一袋結結實實的麵粉。劉平則坐著，喝著淡淡的茉莉香片茶，尋思著怎樣和他們找些話說，又怎樣快快告辭，就見門帘一挑，朱天璐進來了，劉平則雙眼被挑得一亮，一顆心懸在半空似的，從此和他的身軀游離開來，直到今天再也沒有回去過……

多年來，劉平則與他的母親同仇敵愾，憎恨父親對他母親的不忠，這次京華相見，也是出於無奈，母親故去後，父親思念故國、故人，已逾中年的劉平則對父親有了幾分諒解，但直到他看見朱天璐，並和她有了二十多天的接觸後，才真正站到了父親一邊。他相信，當年的父親一定也像他一樣，在那個女人面前無法逃避，冒著種種道義和良心的煎熬，只為了那女人的一個顧盼巧笑。他在內心發願，一定要設法和她多在一起，他知道他是回不去的，大陸對他正是「昔我往矣，楊柳依依；今我來思，雨雪霏霏。行道遲遲，載渴載飢，我心傷悲，莫知我哀。」唯一的可能是把她設法接去美國，於是從那以後，顧秋影的耳邊就不斷地響起了他要接李表妹、劉姪女、周外甥女的要求，其實，他哪裡有那麼多親戚，不過是換著法子試著去說服她罷了。

對顧秋影，他從來就沒有過離婚的念頭，也像父親似的，他是一個優柔寡斷的男人，有心去愛，愛得還特別痴心，但要他做一個什麼抉擇，他又不能夠了。他的祖先男人們都是妻妾成群，父親時風氣就不一樣了，母親性格倔強，父親只好偷偷摸摸的。他鄙視劉家的男人，認為他們可恥，沒有出息，可是，當他自己也瞞著在海一方的顧秋影和朱天璐在旅館中出雙入對，像足了一對夫妻，博來多少羨慕的眼光時，他覺得自己和所有劉家的男人氣息相通，彷彿生來要被女人誘惑，被女人矮化，不能入君子行列似的。

那以後，每年他都要設法回一次大陸講學，他還接受了一所大學的客座教授的邀請。去大陸去得如此之勤，顧秋影並不疑心，她知道商人有包二奶的，而劉平則是個學者，不至於不要身家面子。每次去，朱天璐都和他住在一起，她知道他有太太，但她依然心甘情願地夾在其中。她也勸過他離婚，艾艾地說，「你們劉家兩代人把我們母女都害苦了！」劉平則便生氣地拔下煙斗，用力敲著桌子說，「妳太不懂事了！」在他眼中，比他小了快二十歲的她是可以這樣訓斥的。那以後，朱天璐賭氣離開了他。她是一個小有名氣的作家，出身名門，美貌勝人，很快就和一個挺不錯的男人結了婚。倒是劉平則自己失魂落魄一般，心心念念放不下她，他又是越洋電話，又是封封情書，甚至親自飛往大陸，一心一意地破壞她的婚姻。

本來，她也想過做一個好太太，像母親一樣痛改前非，安安靜靜相夫教子，可劉平則不放過她，她對他原也有一份難以捨去的愛，她正左右為難時，劉平則找到她的丈夫，開始了兩個男人之間的艱難談判……

朱天璐不知道丈夫和情人之間是怎樣談判的，她永遠也不想去問。丈夫從此就鐵了心腸，離得她遠遠的。夜裡上床，他長褲皮帶，衣冠楚楚，只讓鞋子離開奔波了一天的腳。因著有一次朱天璐爬到他身上，哭著，喊著要吻他緊閉的嘴，目的當然是想打開彼此的僵局，他居然買回一個大號的棉布口罩，一上床就戴在嘴巴上。他的目光是那種冷冷的，冷得朱天璐像數九寒天掉進冰河裡，渾身都凍僵了，只有大腦格外機警。大概相持了一年多，朱天璐便遞上了離婚申請書。

離婚後朱天璐住在單位的宿舍裡，一出後門，便是熱鬧的鼓樓大街，她常在晚飯後一個人沿著店鋪成行的街道無目的地走著，惆悵的樣子使滿街的行人也惆悵起來。北京的深秋很美，美得讓人感動，但秋天過後便是冬天了，她不知道自己能不能再與冬天同行，她現在就穿起了厚厚的棉衣，那冬天穿什麼呀？

幸好劉平則寄來了留學美國的一切手續，母親說，「不要去了，孩子！妳可好好想想，他又不肯離，妳去算個什麼事呀！他們劉家的人全這樣！離鄉背井的，那女人還不把妳往死裡整？好歹再嫁個人，本鄉本土的摔倒了拍拍土又是一個像模像樣的人！」朱天璐不吭聲，她看不出留在北京她還能有什麼前途，人走了，家散了，而她在內心深處又是愛著劉平則的，她自己不也曾想過和丈夫以及劉平則和平相處？他把她的家攪散了，她還不是可以鬧得他雞犬不安！

如今，朱天璐真的來了。她一下飛機，劉平則四下張望一番，衝上來就把她抱在懷裡了。待他和她提起行李走到停車場時，劉平則先打開車後蓋，幫她把行李放進去，又打開車門，讓她坐進去，自己也鑽了進來，倒把朱天璐擠得坐上了駕駛的位置上，她正茫然無措時，劉平則便攔腰抱住她，在她的唇間、耳後、胸前吻了個遍，一隻手也伸進她的衣裡，她的嘴正被他堵得說不出話來，只好迎合他，在狹窄的車廂裡完成了他們久別重逢的第一次結合。劉平則像一頭剛放出來的困獸，眼睛紅紅的，喘著粗氣，朱天璐扳過他的肩，眼角上枉自汪著好些淚，低聲地說，「你可要對我好！」

他們開著車在美國南方特有的桉樹公路上不緊不慢地行駛著，前車鏡裡印著兩張幸福的、興奮的臉，劉平則身上隱隱散發出的古龍水弄得朱天璐有些頭昏，但她的心卻歡愉著，直到看見顧秋影時，她彷彿才觸到了現實。

他一下換了張臉，那是一張丈夫對太太的臉，沒有多少激情，但可靠得像懸在天空的月亮，走來走去都在那個軌道上……

朱天璐在劉家住了下來，每月初，她便交給顧秋影幾百塊房租，顧秋影照例推辭一下，然後再歡天喜地地收了下來。她哪裡知道朱天璐所有的花費都是由劉平則包下的。朱天璐和劉平則在家裡客氣得近乎冷漠，他們連眼神也懶得交換，顧秋影向劉平則抱怨朱天璐不幫著做家務，大小姐似的，劉平則便乘機要求讓朱天璐住出去，每次看著心愛的女人在他面前晃來晃去，卻又不能上去溫存使他幾乎發了瘋，好在他獨自有一間大的辦公室，朱天璐是他指導的學生，每次她剛推開門，他便一個箭步衝上去掩上門，迫不及待地把她擁到長沙發上，他承認他對朱天璐的欲望一天比一天強烈，這個像熟透了的葡萄一樣的女人撕咬著他的身心，他不知道這是慾抑或是愛，他相信慾至少佔有大部。但如果說他是個好色男人那也不妥，他對許多性感的美貌女人毫無反應，唯獨對朱天璐，他想像著就是刀架在脖子上，他也還是丟不下她。他沒有勇氣離婚，並不僅僅是顧及面子，不願讓顧秋影痛苦，而實在是他有意要使朱天璐永遠處在一個微妙的位置上，他不「忍心」親手去破壞掉這裡面特有的情調，他也許也像足了父親，生來就愛偷喫禁果？他不想把朱天璐變成自己名份上的太太，那會使他索然無味。當然，他也不想在生活中來一個大的變動，他安於現狀，勝於改變現狀。

朱天璐快不快樂他不知道，他想她在欲望上是和他一樣渴望著又滿足著。況且，她不擔心學業，有些考試簡直就是他在幫她應付。她也用不著為衣食愁，他早為她瞞著顧秋影，在帳頭上存了一筆足夠的錢，她還要什麼呢？她既然什麼都有了。他得意於他的安排，每次當他把頭埋在朱天璐溫暖起伏的胸前時，他都覺得暢意，他有時會喃喃地問「妳快樂嗎？快樂嗎？」回答他並不想聽到，他的激情早已淹沒了身下的女人。

顧秋影和朱天璐既住在一個屋頂下，碰面的機會天天有。朱天璐一回家便鑽到自己的房間裡，直到晚飯時才上桌喫飯，她也交給顧秋影伙食費，所以顧秋影很安心。三人的飯桌上，顧秋影殷勤地照顧著劉平則，朱天璐自顧自地喫著，她飯量很少，顧秋影覺得她是為了保持苗條。有一次，她早早放下了碗，劉平則說「不多喫點，身體怎麼會好？」剛說完，就覺得不該說，顧秋影瞪著他呢！

朱天璐卻緩緩站了起來，瞪著劉平則說，「你管得著呢！」劉平則在兩個女人的眼光下，慘白了臉，他匆匆喝了一碗湯，便也氣氣地回房去了，顧秋影一邊洗碗一邊索思著剛才的情景，總覺得有些異樣的感覺爬上她的心頭了。

顧家後院是幾株不高不矮的長滿了刺的灌木，黑漆漆的，顧秋影總疑心那裡面藏了些什麼。夜裡，她滾在丈夫懷中，向他求歡，劉平則一把攬過她，機械地動作著。顧秋影呻吟著，用手摟住他抽動著的雙肩說，「我怎麼總覺得門外有人走動？」劉平則一下洩了氣，說，「妳愛疑神疑鬼的，家裡安了安全系統，有動靜還能不響嘛！」顧秋影在黑暗中定定的注視著前方，她在想像著一個長得很像朱天璐的女人穿著一襲白綢布的睡袍，赤裸著雙腳，傾著身子，在門外張著眼睛看著他們。劉平則拍拍她，說，「我到廚房喝口水，我口乾了。」他爬起來，仔細地掩上門，他一眼便看見朱天璐站在黑暗中，眼睛綠綠的，頭髮和暗夜融成一色。他沒理她，打開冰箱找可口可樂，她輕輕地走了，像一縷遠去的煙霧。

日子流水一樣過著，有一天，她走進了他的辦公室，不等他撲上來，先就宣佈道，「我懷孕了，有四個多月了！」她的笑讓劉平則覺得好陰險似的，而以往，她的笑是春花，是明月，帶給他滿心的歡喜。他靠近她，試圖用手去探看她的話，她卻一把推開他，「別碰我，再碰我我就用花瓶砸你！」她果真跳到牆角，一把拖過那個仿宋青磁瓶，抱在胸前。眼睛綠綠的，像夜間遊蕩的狼，她從牙縫中擠出一句話，「我要你離婚！」

他一下癱倒在沙發上，頭重重地垂下來，說，「好吧！只怕以後的日子反不如現在好了……。」

知道真相的顧秋影一夜之間成了一個感悟的女人，她大哭一場，把財物通通攬在自己名份下，離婚後她去了夏威夷投靠她的娘家親戚，據說開了一家淮揚風味的餐館，那兒的揚州炒飯，火腿竹笙湯特別地道。她表示不再嫁人了，連劉平則這樣的男人都嫁過了，遑論其它！

婚後的朱天璐才坦承，她根本就沒有懷孕，是騙劉平則的呢！她是出於無奈，不然那種不明不白的日子何時才有個了結？可是，當上劉太太的她才發現劉平則對她一下子失去了激情，像退了潮的海灘，一片蒼涼的荒蕪。他也坦承，他天生要在太太身外尋找異性刺激，他對名份確定的女人毫無興趣，他很懊悔再一次把一個相當有味的情人變成了枯燥的太座，他告訴喫驚得發愣的朱天璐說，本來，在顧秋影之前，他有一位賢而美的太太，顧秋影是他的情人，後來她擠掉太太，取而代之，他便愛上了朱天璐，如果沒有朱天璐，也會有別的女人出現，他需要一個情人，然後好好愛她，也善待太太。

半年以後，朱天璐便在丈夫身上嗅到了另一個女人的味道，甚至在他的皮包中讀到了他熱情洋溢的情書，她有些沮喪，但更多的是悔意，她在想，「這信本來是寫給我的，現在我成了太太，便只好寫給這個叫姚雪珈的女人了。」

她等著，等著姚雪珈上演新的一幕，她不待結束便可退場，因為那劇情於她來說卻是一個聽舊了的故事。

林喬的故事

第一次見到林喬，我便驚詫於她的美麗了，那種美，像南京雨花臺的雨花石，豐澤晶瑩，精巧剔透。那一日，她穿著暗紅色的長裙，質地不是軟搭搭的絲綢，而是略有些厚重感的薄呢，上面隨意披了一件黑色的外套，纖細均稱的小腿上踏著一雙粗跟的黑色皮鞋，記不起她的髮型了，好像是瀑布般地散落在肩上，又一縷縷地頗有秩序。她的眼睛是那種恬靜的目，意味深長的。說話時，她習慣性地用手捂住外套的衣領，身子略略前傾著。家聲給我介紹她時，告訴我她是學會年刊的編審之一，現供職於某大公司，而這個公司跟家聲服務的公司，有業務上的明爭暗鬥，又說她是某長春藤大學博士，來美國已十多年了，家人都在大陸，她本人也是從大陸來的。

會議一開就是五天，家聲是來開年會的，而我卻是來玩玩的，所幸住的旅館Marriott離三藩市的中國城頗近，所以，我每天都去城裡購物，買些中國點心回來喫。想起林喬忙，也就常常包上一些，趁會議休息時送給她喫。她親切地謝我，又對家聲說，「看來，還是找個賢內助好！先生開會，太太Shopping（購物）很合諧的搭配。」家聲笑了，說：「小舟她才不這麼想呢！她原是個女強人，是被我硬拴在家裡的，一肚皮不滿牢騷呢！」林喬聽了家聲介紹我的學歷，職歷，感慨起來，拉著我的手說：「妳是九州大學的？郭沫若和夏衍也是在那唸書的，讀郭沫若的文章，知道學校在博多海，松濤極美，據說常有美麗的婦人去校園賣零食，郭沫若就是這樣愛上安娜的，（郭的日本太太，原名佐藤富子）中國人都饞嘴，一下被勾走了好幾個男士呢！其實，那時郭在家鄉有太太，可郭後來又把安娜扔了，找了于立群，可見，男人的心變得好快！」我一下就更覺得林喬很有學問，一個學理工科的，居然知道這麼多！林喬微笑著說：「我早先很想唸文學，我母親就在S大學中文系教書呢！」真是越說越近，我興奮地說：「天下真小，我在S大學教了好幾年書呢！中文系的人我大都認識，不知妳母親是哪一位？」林喬遲疑了一下，「李婉清是我母親。」我不敢問下去了，因為李婉清是一個大家都知道的可憐女人，她的丈夫原來也在S大學教書，是一個很有才華的青年講師，不料文化大革命時，成了四人幫的主要筆桿，寫過好多社論，文革後被捕入獄，病死在牢獄中。李婉清一直未再嫁，聽說有個女兒，原來就是林喬呀！李婉清的丈夫在獄中省下一點兒錢，托人帶給女兒，聽說母女不敢接收，很慘。我連忙把話題轉移開來，又傻傻地問了一句，「妳先生也在美國吧？」林喬微微一笑，說：「我是單身貴族，但我前幾年加入美國公民後，收養了一個孩子，是從大陸孤兒院領養的，是個女孩子，已七歲多了，有一點殘障，所以，下班後夠我忙的！」

後來，家聲對我說，這林喬稀奇古怪的，自己不嫁不說，還拖個病孩子，人家不知情的還以為她是未婚媽媽呢，真是讓人費解！我卻很喜歡林喬，覺得她是一個奇異有味的女人，這樣的女人一定會有不少動人的故事。

今年開春，家聲又寫了論文，帶我到波士頓開會，旅館就在波士頓市立圖書館側旁，前面是一個大廣場，有一座古老的教堂。家聲在大會報到處看到了林喬的名字，記下了她的房間號，晚上我給她打了一個電話，邀她和我們一塊到中國城去喫飯，她不在，電話是一個男人接的，說是她的丈夫，我放下電話就朝家聲嚷道：「喂！林喬結婚了！」家聲說，「別那麼激動，追她的人多著呢！人家不是找不到，是不想嫁！」隔了不一會，林喬就打回了電話，說她今晚很忙，不能出去喫了，問明天我有什麼安排，如果不反對的話，可以跟她的丈夫一塊逛逛，因為她的丈夫像我一樣是來陪會的。

第二天，我在一樓電梯那等到了林喬和她丈夫，林喬穿著松黃色的厚毛衣，脖子繫有一條暗綠色的綢巾，站在她身邊的是一個個頭並不很高的美國男人，戴著寬邊的眼鏡，林喬說：「你們出去到處看看吧，波士頓博物館有個中國明代家具展館，小舟妳給我husband講講！」

家聲在一旁好樂，他擔心我迷路，現在有老美與我同行，他自然放心了。

我和這個叫戴維的美國男人一同出去逛了一天，一路上他幾乎都是默不出聲，進博物館的門票他也沒有掏錢出來買的意思，每張票十元，是我付的。中午餓了，我們在博物館的小飯館叫了兩份三明治，很貴，一份也要十多元。侍應生送來帳單，他連看也不看，就推給了我。來美國後，我對男人付帳單這開心事早已不存奢望，但萍水相逢的人，各付各的才比較合理，何況他還是一個男人呢！

回到旅館，林喬和家聲已開完一天的會，林喬一個勁地謝我，不等我開口，她就掏出了一個漂亮的皮夾子，笑盈盈的說，「今天的開銷報帳來！沒大喫大喝吧？」我慌忙看了一眼戴維，他正愣愣地看著旅館一帘人造瀑布，我不好意思地報出戴維那一份錢，心裡有些奇怪的感覺，林喬付完錢，和戴維回到自己的房間去了。我把今天的事告訴家聲，他倒趁機奚落了我一頓，「誰賺錢誰管錢嘛！哪能像我們家，妳倒成了財政部長！」我才知道，林喬告訴家聲說她的丈夫目前賦閑在家，沒有工作。

「他有病，精神方面的，正在接受治療。」家聲淡淡地說，「林喬大概也有毛病了，又是病老公，又是殘孩子，怎麼一回事嘛！真是天下之事，無奇不有！」

家聲很快睡去，我卻睜著雙眼，一心在想怎樣從林喬那聽到她的人生故事。

會議的最後一天下午，是自由活動時間，家聲到麻省理工學院辦事，我便約林喬一同出去隨便走走，穿過廣場，是一座小小的街心公園，戴維坐在長椅上，埋頭看一份報，我和林喬沿著人造池塘的卵石小徑一趟趟走著。她說：「小舟，家聲說妳在寫作，寫男人和女人的故事，這題目挺好的。我倒很願意妳把我的故事寫下來，人生總要灰飛煙滅，留下些痕跡給後人也好。妳知道我的母親，她這一生是個悲劇，托爾斯泰說，幸福的家庭都是一樣的，不幸的家庭各有各的不幸，妳的故事應該著重於後者，因為悲劇比喜劇耐看，更有深度，因而也更有價值。我母親和我父親是同班同學，母親人漂亮，學問也好，我的外祖父是個大名人（她講了外祖父的名字，倒嚇了我一跳，此處不便寫出來），所以母親對父親的求愛根本沒放在心上。父親是江南小鎮的農家子弟，土裡土氣的，母親的拒絕使他受到很深的刺激，他決心要出人頭地，幹出一番轟轟烈烈的事業來使母親折服。不久，機會果然來了，文革一開始，父親因為出身好，一下子就當了紅衛兵司令，成了青年學生的青春偶像，他是中文系的科班出身，被四人幫看中成了寫作班子中的主筆，他當時真是青雲直上，風光極了，他向母親求婚，母親因為家庭出身不好，從文革前的受寵地位上一落千丈，父親的求愛使她頗為感動，也滿足了她的虛榮心，她嫁給了父親，又生下了我，可不過幾年，四人幫倒臺，父親被逮捕入獄，母親也被迫帶著我到陝西咸陽一所中學教書，後來外祖父的舊友們關心過問才調回北京。我在學校常被人扔石頭，揪頭髮，沒辦法，父親造下的罪孽深重。父親在獄中給我寫過不少信，要母親教我遠離政治，要學理工科，有一技之長。父親還把他在獄中省下的生活費托人帶給我們，母親不敢要，都捐給孤兒院了，可憐那幾十塊錢，也不知怎麼省下來的。母親從沒有帶我探過監，我對父親沒有什麼印象了，父親死在獄中，死時才三十多歲。由於父親的事，母親千方百計想送我來美國，擺脫父親帶來的人生陰影，母親在美國有親戚，我終於來到了美國，母親在我來美國時千叮萬囑的一句話竟是：千萬不要嫁錯男人！

「我從小和母親在世人冷淡、仇恨的眼光下相依為命，我的內心與我的外表極不吻合，我是一個孤寂、自責、對自己沒有信心的女人，當然我指的是在愛情和婚姻方面。母親的人生經歷使我充滿警覺和氣餒，我身旁有不少男人追求我，但我不敢接受，連我自己也說不出是怕什麼？我覺得命運很捉弄人，母親當年自以為嫁了一個挺不錯的男人，誰知道後來的結局那麼淒涼！我不認為那只是中國政治環境下的悲劇，賈桂林嫁得好吧？可她怎能想到年輕輕地就成了寡婦！當然也有一帆風順，事事如意的女人，可那不是我的命，我要有這樣的好命，就不會有一個中國人一提起就厭惡的父親！我決心不嫁，我收養了一個有殘疾的孩子，這並不是我的憐憫，而是我害怕孩子長大，就會離開我，不再看重我，不再需要我的愛顧，有殘疾的孩子弱，她離不開我……我其實一直在看心理醫生，我皈依過宗教，但宗教也沒能救我。我在心理醫生那認識了戴維，他本是一個優秀的科學家，但他和我一樣，從小就留下了難言的心理障礙。他長期失眠、孤獨，不能在精神上自立，終於無法繼續工作，靠領社會救濟生活，他是一個人生的失敗者，社會的邊緣人，他比我陷得更深，我們在一個心理治療小組，我同情他，對他產生了母親、姐妹一樣的骨肉之愛，我們結婚了，我們彼此都互相依靠，和他在一起，我一點也不擔心他會傷害我，……」

我停下了腳步，看著林喬那成熟、美麗的女性身軀，不禁問了一個也許不該問的問題，我輕輕地說，連自己也好像沒有聽清楚似的，「那……你們有性的交流嗎？你知道我指的是夫妻間的愛，……」

林喬卻轉過身來，肯定地點點頭，笑得坦然，甚至可以說美麗，「沒有，我們情同姐弟。他受過這方面的刺激，他需要康復，……」

他們是我看到的最奇異的一對夫妻，可是，我理解，這世界如此之大，我們的心何必那麼小呢？

陪酒女郎

K太太是一個在日本的色情酒吧——史娜庫工作的中國女人。她的工作時間是從晚上七時到凌晨三時，白天，她在家蒙頭大睡，睡得不知天高地厚，真是兩耳不聞窗外事，一心只睡白日覺。白天的K太太臉上像風乾了的紅薯，皮很皺，但內心甜美。她散亂的飄髮急匆匆地用一根橡皮筋束起，身上的衣褲都是老祖母時代的式樣了，但合身，是全棉的。睡到下午四時，她就騰地一下跳起來，洗菜、淘米、幫K先生做飯，打開錄音機聽京劇，聽到諸葛亮的「借東風」中那一句，「我本是臥龍崗上散淡的人啊！」她就把磁帶翻來倒去地聽，這一句她最是百聽不厭，每次聽，眼睛都有些發潮。

K先生一大早就去研究室了，他是一個很優秀的胸外科醫生，在大陸一流醫院做了五年多的主治醫師，當過上百例大手術的主刀，後來到日本唸了醫學博士，因為不是日本公民，不能考執照行醫，只好在醫院協助日本教授做實驗，早去晚歸，累得要死，一月才賺十萬日元。十萬元能幹什麼！那些到酒吧和女人調情的男人，妳把顫波波的乳房送過去閉著眼睛讓他碰一碰，他少說也會遞給妳一個夏目漱石（日本千元錢幣上有作家夏目漱石像），所以K夫妻的家靠的是K太太的進項。K太太每月拿三十多萬是輕而易舉的事，可是這錢好拿嗎？若是好拿，那為什麼女人們——如果她是一個略有羞恥感的女人——一談史娜庫就心驚肉跳，死也不肯入庫呢？妳一入庫，妳就不是妳了，妳是一臺唱機，不停地為客人們唱，妳是一臺調情的機器，客人按哪一個部位的按紐，妳就得立即做出反應來。

K太太是護校畢業的護士，她的父母都是梨園世家出身，母親在京劇團演青衣，父親專擅老生。K太太四歲學唱京劇，大了母親卻讓她學醫，她成績不好，沒去成醫院，於是退而求其次，進了護校，畢業後和K先生是同事。K太太那時像一顆紫葡萄，一看就知道甜，K太太的追求者太多，都挑花了眼，還是母親幫她最後定奪，說，K先生不錯，嫁他吧！

K先生人長相不出眾，但有本事，婚後不到兩年他就考取日本政府交換學者計劃，和K太太一道來了日本。

K先生唸博士學位，K太太也想唸些什麼，K先生說，「俗話說夫榮妻貴，我有出息妳自然會有好日子過，我看妳不用上學了，賺些錢是正經事。」K太太不高興，可也覺得此話有理，丈夫和自己是一家人，犧牲自己先保他是對的。K太太打過餐館，帶過小孩，什麼苦活都做過，有一次偶然認識了一個史娜庫的老板娘，她把K太太上下一打量，眼睛立即亮了……

史娜庫的老板娘邊看K太太邊誇張地咂嘴兒，說：「妳是天上的仙女呀！瞧這身段，軟得像沒有骨頭似的，瞧這皮膚，嫩得吹彈得破，瞧這肩膀，削溜削溜的，妳要去史娜庫，那客人還不擠破門？」K太太頭一低，說：「我日文不好，客人和我講什麼呀！」老板娘立即說：「這妳就外行了，話不是用嘴說的，妳那一雙眼睛還不會說呀！」老板娘拍拍K太太的手說：「怎麼樣？又不賣身，不過是替客人唱幾隻歌，倒倒酒，一月給妳三十萬，不算客人的小費，那是妳的本事，我不管。」K太太說，「我要跟我先生商量一下。」她這是推辭，K太太心裡才不想去呢！她是一個自尊心很強的女人，每次路過紅燈區，見史娜庫的女人們濃妝艷抹地跟男人調情，她就瞧不起，心想怎麼可以這樣？她可不是「小紅生來骨頭輕」的女人，大不了鋪蓋一捲回大陸！

K太太回到家，和K先生無意中講起老板娘的話來，K先生正在燈下費力地邊查日文字典邊寫論文，眉頭上打了一個結似的，K太太當笑話講的話，他倒很在意，他把論文推開，在燈下細細地打量著K太太，來日本才兩年多，生活就拖老了她。有一回到豆腐店打工，K太太因一個人搬一箱好重的豆腐，一下失手，指甲都砸掉了，而一小時才賺六百日元，K先生嘆口氣說：「我看去去也無妨，我倒看得開哩！只要我理解妳，妳就安心了。反正是衝錢去的，將來我一心一意出了頭，妳也就熬出來了。妳賺的錢如果夠家用，我就不用再去打工，咱們先保證我成功，對不對？」K太太好久沒吭聲，她已退讓過了，第一次是放棄了深造，現在又去做史娜庫的陪酒女郎，但她別無選擇，丈夫一向比自己有主意，他的話K太太不能不聽。K太太在大陸就是一個馴善的女人，來日本後，受日本男尊女卑大環境的影響，更不願跟丈夫頂撞，於是，K太太瞞著熟人，悄悄地到一家名叫花子的史娜庫店上班了。

那家店很小，卻有四五個陪酒女郎，K太太假說自己未婚，芳齡二十六，她穿一身淡紫色的旗袍，裹了黑絨的邊，頭髮卷得高高的，她用日文唱的幾首歌，像「夜來香」、「好花不常開」，和京劇清唱成為酒吧招牌，有的客人就衝著她坐著地鐵，再換巴士趕兩個鐘頭的遠路而來。她不輕易邁出櫃臺，有一次，一個喝醉了的客人伸手拖她，她一慌，後退時碰倒了身後的酒櫃，老板娘一下垮了臉，厲聲喊道，「出去！外面有鬼捉妳呀！」她剛一邁出櫃臺，客人就一把抱住她，用力把她扔在牆角的沙發上了……

醉了的男人在她臉上，脖子上，胸前揉來揉去，又用手去掀旗袍，旗袍下擺窄，不像和服，那男人努力半天都被K太太推了回去，旁邊的人都高興地笑，老板娘笑得最響。店子打烊後，老板娘給K太太包了一大包店裡給客人下酒用的小菜，塞在K太太的皮包裡，對K太太說：「別生氣，犯不著，幹我們這行的，臉面是保不住了的。你不迷人還沒人找你的麻煩呢！你才來不久，其實做久了都要來真的，你不來，人家來，光唱歌灌酒就想人家乖乖掏錢？史娜庫屁大的門面有什麼油水呀！關鍵在和客人約會上床，你早晚會有自己真正的客人，那時你錢多氣粗，我也奈何不了你！」K太太一言不放，悶著頭向一輛出租走去……。回到家，丈夫早睡下了，自從去了史娜庫，K太太和K先生幾乎沒有時間在一塊，她回家，他早已睡下，她睡下，他卻又起床了。K先生看到的她，是一個粉墨登場之後如同一堆破布般的女人，永遠睡不夠，散亂著鬢，惺鬆著眼。可那一天，她還是擺醒了丈夫，跟他講了史娜庫發生的事和老板娘托的底。

K先生看著還沒卸妝的K太太，祇見她性感的嘴在昏暗中一張一合著，有了許久未有的衝動，他靜靜地聽著，一雙手在太太的頸項上摩擦著，末了，他輕聲咳了一下說：「我們都是學醫的，男女之事看淡了才好，人和動物祇差一張皮不同，他羞辱了你，可你拿了錢，他卻丟了錢，交易還是公平的，我當然捨不得把你扔到那種地方，說來說去也不合咱們身份，可喫得苦中苦，方為人上人，你看呢？」K太太哭了，心裡委曲得像個孩子，K先生卻把她拖到暖暖的被子裡了。K太太漸漸麻木了，或者說習慣了，她和客人調笑，坐在客人的大腿上昂著脖子喝酒，客人的手插進她的衣襟，她笑著又把那雙充滿慾望的手拖出來，擠出來，扔出來！她失去了很多，甚至在一個春雨迷濛的雨夜，她和客人開了房間，那一天她得了好多小費，當她拿著小費到銀行的自動存款機前一張張放進去時，又一張張被機器推了出來，她苦笑著耐著性子把錢角用手扯平，再送進去，她想，連存款機也知道這錢來得不明不白，不肯痛快地收下它，這使她頗有些傷心。K太太不再向K先生訴苦，祇是有一次，她去上班時，在公寓的樓梯上碰見了早歸的K先生，妖艷逼人的K太太使K先生後退了兩步，彷彿像陌路人，他揚起眉毛打量著她，然後迅速往旁邊一閃，給K太太讓道，走出老遠，K太太才聽見K先生微弱的聲音，「當心呀！晚上回來先開走廊的燈啊！」K太太想哭，又使勁把淚水憋了回去，她怕洗掉妝，沒有它，K太太走不出去。三年後，K先生和K太太離了婚，K太太後來嫁給了一個在她身上花了不少錢的客人，搬到長崎去了。她從此再也沒有去過史娜庫，丈夫不許她去，儘管丈夫每週必有兩個晚上去史娜庫解悶。

K先生下落不明，有人說他回了大陸，依然是醫院的主刀，也有人說他仍滯留日本，因為娶了日本太太，已有了行醫的執照，誰知道呢？

老王奮鬥史記

老王是我們這一方土地上響噹噹的人物，雖說老王像是一個再簡單不過的代號，在百家姓中屬於大戶，中國人堆裡，閉起眼睛也能抓出幾個老王來，可在我們這，老王就只能是他，別的王姓公民都必須說明自己是王二或王三，因為老王名氣太大，你若頂了他的名，反而人家輕看你。

老王是一家投資銀行的主管，他的銀行在本城是唯一用中文做招牌的，華人一看是那凝聚著自己祖宗淵源的方塊字，心就暖暖和和起來。有了錢，去找老王，他給的利息比洋鬼子高，缺錢用，也去找老王，他貸款的利息也比洋鬼子低。可老王生意照樣紅紅火火，薄利多銷嘛！

老王住在一幢氣派的豪宅裡，光車庫就有四個，盛年的老王是單身王老五，這難免引來眾人好奇，老王早宣告過他不是同性戀，可為什麼還不娶妻，甚至連女朋友也不交一個？據跟老王很接近的人說，老王受過女人的騙，恨透了女人，警覺得像一條魚似的老王會受女人的騙？這真讓人不相信呢？

老王的底牌是一位新從加拿大來美國求職的老李那翻開的，老李和老王是舊相識，他到處跟人說老王的往事，可老李不是傳閒話，而是替老王做宣傳，聽了老李講老王的事，女人低下了頭，眼睛有些紅了。男人則昂起了頭，從此對女人有了幾分戒心。

十八年前，老王在南京一所著名的理工大學唸書，與同學吳小佳相識相戀，畢業後雙雙在一家研究所工作。吳小佳漂亮，聰明，但卻是個心硬的女人，她兩歲時，父親患肺癌去世，十二歲時母親患腸癌亦撒手人間，她跟著叔叔一家生活，叔叔家住在上海，家中空間狹小，嬸嬸嫌她，叔叔忽略她，她卻在這人世炎涼中成了一個一心上進的女人，一個不擇手段，拼命追求自己既定目標的人。

那一年所裡要挑選幾個人出國深造，老王和吳小佳都是候選人之一，後來所裡有人反對說，夫妻一塊出國肯定會肉包子打狗——一去不回，所長很為難，但也覺得有道理，於是，所長親自找老王和吳小佳談話，讓他們夫妻自己決定誰去誰留。

老王和吳小佳剛在所長前坐定，吳小佳就哇地一下哭開了……

吳小佳哭得淚人似的，她抽泣著說：「所長，我要出國！不為別的，就為我那早逝的父母親！我要拼出個好樣來，拿了學位回國告慰父母。我一定會按期回來，我爸媽就我一個女兒，我學成後還要回來給他們清明上墳呢！老王也同意我去，他留下還有許多工作……。」所長轉過身去問老王說：「小倆口都商量好啦？行！就讓小佳去吧，一年時間，眨眨眼就過了！」

吳小佳到加拿大進修去了，老王在家望眼欲穿，一年容易又秋天，歸國的時間到了，吳小佳沒有按時歸來，所長很生氣，所裡人都怪他不識人，吳小佳不回，以後的出國進修計劃也打亂了，所裡人見到老王就有氣，老王不敢吭氣，任人家冷嘲熱諷。

一年，兩年，三年都過了，吳小佳一拖再拖，就是不回來。新上任的所長火氣好大，一拍桌子說：「好你個吳小佳！我管不著你，我能管你老公！老王出國探親的事在我任上不能批！」新所長任期三年，老王不光不能出去探親，還成了編外人員，差他到後勤處管所內綠化工作，老王本是很優秀的科研人才，硬是被吳小佳滯留不歸的事弄得灰頭灰腦。

小夫妻分開整整七年了！吳小佳很少來信，電話還是剛去時打過幾次，她像斷線的風箏，飛了。老王一個人孤孤零零，所裡新分來的一個女技術員喜歡他，常找他聊天，週末來他家一同看電視，可一下就鬧得滿城風雨，女孩子頂不住，再也不敢找他了。

有人勸老王離婚算了，可老王不忍心，他想吳小佳也沒有什麼對不起他的，誰叫咱們國家窮呢！多少人一出國門就跑了，吳小佳是個好強的女人，人往高處走嘛！老王想，她一個女人闖天下不容易，她的日子一定比他還難熬呢！

一個春盡夏來的日子，老王收到了吳小佳一封厚厚的信，裡面有各種表格、材料，原來她幫他辦了探親手續，要他刻不容緩，盡一切努力到加拿大與她團聚。

老王看信的手顫抖著，他把臉埋在信紙上，低聲哭泣了。他擦乾淚，買了好酒、好煙，到所長室請求放他出國探親。所長又換過了，新所長是從上海剛調進來的，聽說所裡卡了他七年不得出國與妻子相聚，所長眼睛也潮了，他握住老王抖得厲害的手說：「我放你走！革命者也要講人道主義嘛！」

老王很激動，無意中，他在牆上一方玻璃鏡中看見了自己那不知從何時起花白了的雙鬢！

老王火箭一般地辦這辦那，他工資本來就不高，沒有多少積蓄，但他全花了，幫吳小佳買了絲綢衣裙、皮包，甚至她愛喫的茴香豆，七十多歲的老母親勸兒子自己也買一套毛料西服，免得媳婦嫌他土，老王沒捨得，穿了一套布夾克就登上了去加拿大的飛機。

吳小佳來接機了，七年不見，她倒沒老，頭髮短短的，一套牛仔布衣褲挺精神，她大大方方地對待老王，老王倒覺得心跳得快一點，額頭也汗津津的。

回到家，家在一處很僻靜的街區，有四居室兩浴，吳小佳是一家高科技公司的工程師，看來她在國外幹得頂好的，老王一陣釋然，覺得這些年的苦沒白喫，妻子終於成功了。

老王剛從廁所出來，臉色就有些不安，他發現浴室裡好多男人的用品，吳小佳正倚在沙發上看電視，一見他那神情，就知道他心裡在想啥了。她對楞楞的老王說，「家裡還有別人，叫薛濤，和我一個公司的，我們在一塊有快三年了。咱們都是痛快人，也沒時間多囉嗦了。我接你出來，是念著我們夫妻一場的情份，我要講良心。但我們相離七年，七年中差距拉大了，不可能把時光拖回來，我也沒精力管你，我的義務也算完了，我們就在這辦離婚，你一時無處安身，可以先在我這住著，你盡快自強自立！」

老王一聽差點昏倒，他無力地跌坐在沙發上，喃喃說，「妳早該告訴我，情份已盡，我也不會勉強啊！」

下午六點多鐘，薛濤回來了，他冷冷地和老王打了一個招呼，又和吳小佳用英文說了一大通，老王能抓住幾個音節罷了。

老王躺在床上，望著天花板，想起今天的一幕幕，彷彿是在看別人演戲，可惜主人公是自己。他想，這地方是住不下去的，瞧薛濤那鄙視的目光。自己來晚了七年，大好時光在國內浪費了，他不知下一步該怎麼辦，是打道回府，還是在這呆下來，也混出個樣子給他們看看！

第二天，薛濤就催著老王和吳小佳去辦快速離婚，是夠快速的，前後三十分鐘，老王就成了王老五。回家的路上，吳小佳邊開車邊紅個眼說，你千萬別恨我！老王說，不敢！還說這些幹什麼，我只恨我自己！

婚是離了，吳小佳念著昔日的情份，留老王在家再住幾天，就是打道回府，也要把加拿大好好看一下呀？老王便只好住了下來。

那薛濤一見老王就有氣，有一天，趁吳小佳不在家，他對老王說，小佳交代過了，三人住在一塊不方便，要送老王到一家旅館去，錢由小佳付，老王無奈，便隨著薛濤到了那家旅館住了下來，薛濤和旅館的人說英文，辦了手續，就離去了。回到家，吳小佳到處找不到老王，薛濤說，老王罵了他和吳小佳一頓，如今不知去向，估計是回國了，吳小佳有些擔心，但她是個心硬的女人，一會就忙自己的事去了。

老王住在旅館中，喫飯有人送進來，倒也很省心，只是他枯坐了快四天，無一人答理他，他又不敢出門，漸漸地，覺得事情不對，他害怕起來，決定找中國大使館的人幫助自己，他搬出隨身行李正想離開，就被旅館的人抓住了，說他沒付帳單呢？老王身上的錢根本不夠，可憐他還以為吳小佳已付過了，鬧得正不可開交，驚動了老板，原來這家旅館的老板是一個香港移民，他是富甲一方的人物，還有不少銀行、餐館的產業，他親自和老王談話，老王說明了原委，那老板立即心生同情，留下了老王，也是蒼天有眼，老王從此受到大老板的照應，他又是一個好強上進的人，從最下等的清潔工一直做到領班，成為老板信任的心腹，後來，老板到美國投資辦銀行，就把老王派來做了主管。

老王成功後依然對女人心有餘悸，不敢再和女人們纏在一起。他又受了香港老板的影響，頗有些迷信起來，認為自己命中不該和女人搭界，一沾上就會倒大霉，不知老王的理論有無根據，反正他離婚後風水倒轉，才有了今天的成功。

女人，有時也是很可怕，很害人的。男人有了外遇大都心虛，女人有了相好反而膽壯，潘金蓮勾搭奸夫殺了武大郎，西門慶有那麼多女人也沒想著殺了原配呢？所以，女人的壞比男人還糟糕，幸好女人好人多，壞人少，不然天下真要大亂了。

多雪的冬天

魏景深是搞病毒學的，他本來是北京協和醫科大學的高材生，搞心臟內科，在他的同學紛紛跑到美國進修、留學後，他的同事們就發現他像一隻火烤著的猴子，燒得上跳下竄。美國的醫學院裡，這些年來，閉著眼也能抓出不知多少個大陸學醫的痴男笨女來，痴男笨女是我的先生家聲給他們的統稱，因為這些昔日的學有專攻的醫生們背井離鄉來到美國，給比他們年輕的所謂教授當助手，紛紛從臨床醫生變成醫學科學家，名字鑾好聽，其實沒有出頭之日，地位也不高，「錢途」更沒指望，他們不敢開口告訴你他賺多少，魏景深就是先伸一個手掌出來說，「報酬嘛！不多，不多。」聽的人無心，魏景深卻有意，看看自己伸出來的手掌，忙收回四個手指頭，只剩下一個手指頭，還是最小的那個，說，「不多，不多，好的一萬三，壞的一年八千多，最好的兩萬多！」可憐哪，一天從早做到晚，教授眼睛死死盯著你，像有一根無形的線從他那拴到你這。人家美國人都幹臨床，那才是賺得流油的闊佬。而魏景深只好每天對付一籠籠小白鼠，他沒資格對付人。這就是學醫的來美國的代價，人家根本不讓你幹臨床，因為搞研究賺得少，美國人不愛幹，所以就從外國招來這些痴男笨女，把他們放在研究室去和小白鼠共舞。你到醫學院去，可以看到小小聯合國，什麼窮國的人都有，他們在窮國治人，在這只能治小白鼠。魏景深心裡不痛快，常來我家訴苦，我家人大病小病都請教他，我們尊稱他是魏大夫，他苦笑一聲說，「不敢！不敢！」我只要見他說不敢，不敢，就伸著脖子發感慨，「什麼不敢！不敢的，你本來就是醫生嘛！醫學這行，就講究經驗，你在大陸一天看多少個病人？比他美國醫生一個月還看得多得多！你都成精了！」魏景深聽了，頭一低，手怯生生地撫著沙發角，說，「小舟，你們兩人都好！我常來你家打擾，也是覺得你們不會嫌我。小舟，你好像對男女婚嫁這些事挺在行，不知可不可以給我介紹一個女朋友？先友後婚，我個人條件不是太好，但我不會不珍惜感情……。」

家聲一聽滿口答應，其實他手上一個合適人選也沒有，要有的話，他也不會打這些年光棍。等送走魏景深，他臉上表情嚴肅地說：「老魏的事咱們要管，你不管我就管，他可是一個大好人！」

老魏來美國已有一些年頭了，但先前一直拿的是非移民簽證，直到兩年前，才千辛萬苦的申請到綠卡。綠卡人士雖說也是合法移民，但那地位卻是不倫不類，有點像舊時大戶人家的偏房，名也正，言也順，就是沒有什麼地位。要到入了公民，才扶了正似的，或者說是窮秀才中了舉，可以領俸祿了。所以公民也是一道官爵，有俸祿，有資格。老魏倒不至於要什麼福利金，窮是窮，但老魏還能養活自己，老魏想要的是一個老婆，是一個實實在在的家。他從大陸來美國時，原有一個已相處數年，正預備結婚的女朋友，也是學醫的。女朋友不敢和他結婚，因為老魏是公派的，一結婚反而被上面卡住來不了美國。女朋友想自己考來美國留學，老魏那時為她忙得團團轉，又是幫聯繫學校，又是寄考試資料，可最終女朋友還是沒來成。老魏不想回去，女朋友又怎麼也來不了，拖了幾年，女朋友便出嫁了，老魏很傷心，不覺得她負心，反而覺得她可憐。老魏特地寄回去一筆數目可觀的美金，那是他辛辛苦苦，吃洋白菜炒蛋、泡麵，週末時到餐館打工存下來的血汗錢。

女朋友斷了之後不過半年，老魏便申請到專業人士移民，有了一張綠卡。他的大姊幫他在北京說了一門親事，女孩子是護士，比老魏小了十多歲，挺漂亮。不是老魏愛年輕漂亮，而是這是如今海外人士回家鄉娶太太的流行模式。你不順潮流而動，人家便以為你好怪。

老魏結過婚回來，找到移民局一問，才知大事不好！聽移民官那口氣，魏太太要排到四年以後才能來。他覺得自己有騙婚的嫌疑，沒有跟太太交代清楚，祇告訴她一年多就可來，現在無端多出那三年如何是好？他又是長信，又是越洋電話向太太解釋，太太一聽愣住了，隔了好一會才在電話那頭哇地一聲哭將起來，老魏看看錶，知道太太哭了五分鐘，值十多塊美金的電話費。

老魏也想哭，他和太太雖說是介紹認識，但一夜夫妻百日恩，怎能割捨得下？他向朋友們討教良方，大家七嘴八舌，給他出謀劃策，有一位向稱智多星的大陸朋友眉頭一皺，計上心來，說：「魏老弟，你何不讓太太來一個曲線赴美計？」

老魏一聽朋友要他讓太太曲線赴美，立即來了精神，忙追著問，「赴美我明白，這是我的夢，但何謂曲線？」朋友抖落著一份中文報說，「瞧，加拿大政府給專業人士技術移民加國，人家不像美國這麼假惺惺，人家是丈夫一拿永居權，太太就跟著去。你條件或許夠，就也申請一個專業人士移民，然後大模大樣地帶著太太去加拿大登陸，待登陸完畢，你再聲稱還要回美國取行李，偷偷把太太藏在汽車後廂裡，放上一包餅乾，幾罐可口可樂，油門一踩，玩似的就進了美國。咱這城市離加拿大多近，開過來，把太太解放出來，你們就夫妻團聚歡歡喜喜！等太太排期到了，再給移民局的老爺們坦白交代，那時，你的公民也快入了，入了公民就也成了大爺，可以攜太太同床共枕了。」老魏一拍手說，「這主意雖說轉彎抹角折騰人，但結局很有希望，我為了太太只好試試了，不是我違法，是美國不講常情，不讓我太太來，大門不開咱只好走小門了！」

老魏盼妻心切，真的去搞曲線赴美了。他跟加拿大使館一聯繫，人家就先給他來了個評估。說他在中上水平，移民沒有問題。又問他為什麼要放棄在美國的發展而到加拿大去，他說美國不讓他太太來，加拿大讓。那人聽得民族自尊心大增，當下就表示歡迎老魏去，只是要交不少申請費，老魏二話沒說，立即交了。

大概等了半年，老魏的申請批了下來，他興沖沖地先回大陸接出太太，一同先赴加拿大，辦好入境手續，找了一個小旅館安頓下來。老魏早已把曲線赴美的計劃和戰略方針向太太佈署過，倆人都心懷鬼胎，一夜不得好睡。

第二天趕了一個大早，老魏把太太塞進車後廂裡，太太個頭嬌小，又一直厲行減肥，所以倒不難裝進去，但開了沒一會，太太就按原來的約定暗號猛敲後蓋，原來是要上廁所，老魏無奈，只好把車開到一個僻靜處，讓太太出來，老魏見太太臉鐵青著，頭髮散亂著，知道在車後廂躲著的滋味一定不好受，幸好天氣還不太冷，不然真要凍僵去。太太淚汪汪地抬起臉，說，「可苦死我了，還有多遠呀！」老魏忙說「不遠，不遠，你再忍一會就到。誰讓我們命不好呢？只好忍，忍，忍！」太太聽話地又鑽進去，老魏一踩油門，心驚肉跳地向著美加邊境衝去……

一到邊境，老魏手腳都冰涼了，只見入美境的車隊排得很長，幾個邊防移民局的人在車隊中走過來，走過去，入境的車輛都被要求打開後蓋，「搞他媽的什麼鬼嘛！」一向講究斯文的老魏也急得來了句國罵，這個入境口他來過好幾次，查得一貫很鬆，旁邊一個中國人告訴他，說是加拿大和韓國開始免簽旅遊入境簽證，好多韓國人先入境加拿大，再從加拿大偷入美國，採用迂迴策略，因為人太多，美方已引起重視，這一段時間正在風頭上呢！老魏一聽心裡大叫倒霉，原來搞曲線入美的人還不少，可這種事恰好不能人多力量大，反而人一多就壞事！怎麼辦？他急得心頭火燒似地，想了想，掉頭就往回開。

他又開回那家小旅館，把太太解放出來，兩人抱頭痛哭。老魏和教授只請了一周假，不按時回去，老板會叫他滾蛋，實驗室每天有好多事等著他做。可把太太送回大陸，那豈不是前功盡棄？白忙一場，他不甘心！想來想去，只好把太太一個人留在加拿大，自己先回去，等以後風聲鬆了，再偷跑過去。他把這主意跟太太一說，太太就哇地一下哭得人心大亂，可也是她一個年輕女人，英語只會三Ｋ油（謝謝）加拜拜，舉目無親怎麼活？老魏忙掏出電話本，給在溫哥華醫學院和他一樣頂著科學家的名，其實是給洋人教授打雜的學弟馬勁昇打電話，他和馬是同學兼親戚，馬的堂姐嫁了老魏遠房表哥，幾年前老魏到溫哥華玩時還住在馬處，這次老魏之所以沒驚動他，主要是自己心懷偷渡的鬼胎，不敢聲張。老魏打了好久才和馬勁昇聯繫上，到底有交情，馬立即把老魏和太太接到他那，好飯好酒地款待一番。馬勁昇還是獨身，不是找不到，而是挑花了眼。老魏幾杯酒下肚便吐了真言，馬勁昇同情地說，「魏大哥，你就先趕回美國吧，嫂子的事我理應照看，我幫她找一個大陸女同事一塊先擠一下，你放心，等你有了假，風聲也小些了，咱們再試它幾次，美加邊境好過！」老魏頭低著，不敢讓人看見他的臉，男兒有淚不輕彈，可那時刻，他卻流了淚，感激，不安。也許還有對中國人漂泊的命運的感慨，使他心裡好難受。

老魏把太太交給了馬勁昇，隻身匆匆忙忙返回美國的大學。

幸好華盛頓州跟加拿大是近鄰，老魏一有空就開著車往加拿大跑，太太的一切花費都是老魏負擔，老魏見太太和別人擠住不方便，索性自己租了一處房，如此一來開銷更大，老魏更加縮緊自己的開支，只讓太太舒適一些就好了。

老魏又帶著太太試了兩次，都沒有成功。他們也去過美國駐溫哥華的領事館，想光明正大的要入美國簽證，那簽證官說老魏已幫太太申請了2A類綠卡人士的配偶移民，排期未到不能入境，可那排期不光不進反而倒退，真能把人急死，氣死，恨死呢！

太太抱怨加拿大冷，多雪的冬天來了，她覺得孤單，悶得像籠中鳥。老魏有一次在風雪中從華州趕去加拿大會太太，差一點滾下山坡。夫妻倆都覺得這樣下去不是長久之計，老魏也想過去加拿大找個事算了，可又不甘心，加拿大沒有美國好，稅更重，薪水更少，社會治安也差些。過了一年多，太太似乎習慣了。說多雪的冬天也挺有情趣，可以滑雪，她還去移民英文學校學英文，又說馬勁昇正在教她學開車呢！老魏的心也跟著安定下來。他很感謝馬勁昇，每次去加拿大，都一定給他道聲謝謝。

那一年的冬天雪很多，那一年的冬天很漫長，老魏又決意闖關，他約了五六個有美國公民護照的朋友，拖兒帶女，大包小包，開了一輛中型麵包車，把太太塞在大家座位下，堆上棉大衣、棉被，亂成一團的樣子，開到邊境，邊防人員接過一大疊美國護照，也看了一下老魏的綠卡，又特意數了一下人頭，車廂內一位太太在那一歲半的小胖兒子屁股上擰了一把，孩子大哭大鬧，邊防站的人被鬧得心煩，但還是掀起後蓋，見空空如也，便一揮手，讓他們過了。

車子一入到美國境內，老魏忙拉出太太，一車人都歡呼起來，老魏連連向大家道謝，答應去西雅圖最好的餐館請客。

老魏一顆挂在半空的心終於結結實實地回到了他的胸腔裡，他覺得太太跟自已受了苦，從此更疼她、愛她。

高興勁還沒過，太太便患了心悸症，整天捧個心口，皺著眉頭，活像個病西施。老魏幫太太治，太太眼一紅，握住了老魏的手說，「你醫得病，醫不得心事，我想跟你說，我能不能回趟加拿大？」老魏嚇得目瞪口呆，忙問，「你犯糊塗了，我們好不容易才偷進來，受了多少罪，操了多少心，怎麼好回去？」太太眼淚像斷了線的珠子一串接一串，哭得老魏胸前濕了一大片，「我知道你是好人，你愛我，可我在加拿大那一年中跟馬勁昇相依為命，有了更深的感情，我放不下他了，你倘若讓我回到他的身邊，我就記你一輩子恩情！我原以為能忘掉他，可我現在根本做不到了！」

老魏讓太太走了，他把她送到美加邊境，揮揮手便斬斷了萬縷煩惱情絲，真是「築牆的曾入高宗夢，釣魚的也應飛熊夢，受貧的是個淒涼夢，做官的是個榮華夢，笑煞人也麼哥，笑煞人也麼哥，夢中又說人間夢！」

我要幫老魏說親，找個最好的女人，去溫暖他那顆受傷的心，我在茫茫人世中尋找，尋找。

嫁

俞雪雯從京都的大學拿到了碩士學位之後，教授不願給她找工作，在日本，學生找工作是一定要教授引薦的，如今畢業即失業，她前途茫茫，不知所措，教授倒好奇怪，問了一聲，「妳還不嫁人呀！」從此，無論俞雪雯把腰彎成九十度還是索性撲騰一聲跪下，這是日本人常見的禮節，可平日俞雪雯做不來的，教授還是那句話，「妳還不嫁人哪！」俞雪雯立即騰地一下站了起來，對剛才那一跪悔得要死。

俞雪雯的身上流著日本人的血，她是日本殘留孤女原田洋子和中國男子俞品清的獨生女兒。日本戰敗後，洋子被俞家收養，後來就自然而然地成了俞家的媳婦。洋子帶著俞雪雯回日本尋親，舅舅們留下了俞雪雯，說「嫁雞隨雞，嫁狗隨狗，洋子妳回中國去吧！」母親走了，俞雪雯卻留了下來，那一年她十七歲。

俞雪雯不記得自己是怎樣離開教授的，反正如今她走在陽光耀眼的大街上了，她在人來熙往的大街上移動著腳步，路過一家婚紗店，櫥窗裡，幸福的新嫁娘模特兒咧著笑開了的嘴，寬大的，委地的白色婚紗裙誇張地盛開在女人的腰間。俞雪雯在她面前定定地駐住腳步，她向模特兒的身後努力張望著，像要看穿她婚後的真實日子，她當然什麼也沒有看到，只見一對男女正在和店裡的老板討論著什麼，女人興奮得像晨起覓食的鳥兒，男人卻緊抿著嘴，沉默得像掛在牆角的木雕。俞雪雯心裡騰地一下感悟起來，知道嫁人之於女人，一定是件快樂的事情，嫁是女人有了溫暖的家，中國的文字本身就是歷史，就是良好而深刻的說教。她看看那無聲的男人，心想他從此肩負女人而行，所以他快樂不起來。俞雪雯生平第一次慶幸自己是個女人，她索性邁進了婚紗店，那一天，她穿遍了店中所有的婚紗，累得肩膀生疼。

半年之後，她就嫁了。丈夫在一家投資公司當課長（科長），性嗜煙酒，脾氣倒還平和。他像一頭牛似地工作著，每月薪水都由公司直接匯入寫著俞雪雯名字的帳號下，婚後的俞雪雯像一隻懶懶的貓。早晨六點鐘，她和丈夫一同被定時器喚醒，她張著惺忪的睡眼，草草地為他煮一碗米索湯（醬湯），舀一碗冷飯，打個生雞蛋一攪，彎腰九十度在門口送走他，然後一覺睡到十點，和鄰家的太太在樓下的菜場挑挑撿撿，看午後的電視連續劇，晚飯不用做，丈夫回來已是深夜，他在哪喫的飯，俞雪雯從來沒問起過，彷彿全日本的男人都不在家喫飯，他們自有去處。

三年後，俞雪雯離了婚，丈夫在外包了一個女人，借了一屁股高利貸，討債公司堵上門來，俞雪雯以為他們找錯了門，看到丈夫慘白的臉，她才把他們放了進來。丈夫和他們在前廳談判，俞雪雯在後旁為自己清點東西，討債公司前腳走，她後腳離開，丈夫追下樓來，拖住她的行李袋苦苦哀求，京都的月夜清淒而婉麗，他們僵持著，長長的身影投在墨黑的無花果樹下，俞雪雯把行李朝他懷中一推，踏著細碎的步子登上了開往九州的夜行車……。

九州是母親的故鄉，她在舅舅家暫住下來，舅媽年前去世，舅舅患了老年痴呆症，他甚至叫不出她的名字了。俞雪雯住在早先堆放雜物的小屋裡，她不喜歡榻榻米，小屋中有一張小木床，這使她想起了在母親身邊的日子，可窗外卻挺立著一株垂老的無花果樹，她向窗外張望，那次嫁的情景便一幕幕拉開，她住不下去了，便瞞著舅舅，搬進了一套郊外的公寓。

公寓不遠處就是一條通往長崎去的鐵路，一到夜間，火車的轟隆聲便引出她一汪擦不乾的淚。公寓的四周長著茂盛的狗尾巴草，偶爾會有一枝清麗的石竹花在微笑，附近是日本最大的鋼鐵製造公司，所以，公寓裡住著不少在那公司上班的人。秋天的日子裡，俞雪雯戀愛了，她愛上了一個上海來的男青年，他在大學取得工學博士後在鋼鐵廠做工程師，他們說著遙遠的祖國的事，一塊噢青椒炒肉絲，在鋼鐵廠的汽笛聲中她送他上班，接他下班。他們退去了一間公寓，住在一起了。

他催著俞雪雯嫁，俞雪雯衹好披上婚紗，又做了一次新嫁娘，她喜歡他，但不喜歡嫁。

婚後的日子綿綿長長，慢慢流淌著，他們買了一套自己的公寓，於是，每天，俞雪雯在陽臺上看透迤的九州山峰，如波濤般綿亙天際，青葉如織，寂靜充盈著天地間。

一天，正是黃昏時分，門外站著一位疲倦的中國女人，她焦急地按著門鈴，俞雪雯拉開門，看見了她那雙怨恨的眼睛，「把他交還給我，我們相愛六年，把他交還給我！」女人跌坐在地板上，嗚嗚咽咽地哭開了。俞雪雯慌忙拉她，卻受了她飛快而來的一巴掌，「你用你的日本國籍勾引了他，你……你無恥！」

丈夫下班回來，女人一下撲了上去，把他緊緊擁住，丈夫迎著俞雪雯的目光，話卻是對懷中的女人說的：「我答應過你，拿到國籍就去找你，你來得快了一點，我還沒有入籍，也罷了，要那勞什子何用？」

俞雪雯又一次走出了家，這次，沒有人來拖住她，秋霜橫野，濕了她的鞋襪，岑寂之中，浮起學生時代所敬愛的教授的臉，他還是那句話，「你怎麼還不嫁哪！」

雪梨遺恨

趙平梅是我的大學同學，我們同系不同年級，那時政府對家庭困難的同學給予助學金補助，一個月最多的可以領到十八元，少的五元。領助學金是一件很尷尬的事情，要自己提出申請，然後大家討論申請者的家庭經濟狀況，平梅年年月月都榜上有名，而且是甲等，她的名字貼在系辦公室的牆上，大家說起平梅，就立即會聯想貧窮的字眼。

平梅穿著倒不寒酸，她買了布頭，偷偷躲在蚊帳裡，慌慌張張地用手工給自己縫製花的短裙，白細布的圓領衫。她在學校運動會上無論短跑還是擲鐵餅都是冠軍或是亞軍。記得平梅的臉紅撲撲的，額頭汗津津的，她的家鄉是孝感，那兒出產麻糖和孝子的故事，可平梅說她從未喫過整盒的麻糖，因為，那時候麻糖就賣到五元一盒了。

大學畢業後，平梅在郊區一所中學教書，有一年同學聚會，她興沖沖地來了，還帶來了一個無精打彩的男人，說是她的丈夫。她是同學中第一個有家室的人，自然引起大家的歡呼，可她的丈夫打著呵欠，眼皮都撐不起來的樣子，平梅解釋說，他有慢性肝炎，平梅扳過他的手說：「這紅紅的疹子就是肝斑呢！」據說，他們住在中學的教師宿舍裡，他也是個教書的，家中無論大小事都是平梅張羅，因為他有肝病，又聽說平梅的婆婆也是常年病著，十多年前就中風癱瘓了，平梅的丈夫因為照顧母親才累成肝病，平梅嫁過去，一下面對著兩個病人，買米買煤，裡裡外外，都是她一手操勞，不過那時的平梅，臉上依然紅潤得可愛。

又過了一些年，我從日本回大陸探親，母親常和我叨念起我昔日的同學，母親關心的是她們的婚嫁人生，壞消息總比好消息多，母親噓吁感嘆說，「平梅倒好了，就這孩子有造化！她丈夫家原是開絲綢鋪子的，打清朝那會起，宮裡的人都要到那家絲綢店買貨呢！現在政府落實政策，給辦了退賠，一下退了好幾十萬呢！平梅和丈夫都辭了教職，到處遊山玩水，反正錢沒處花，平梅手上戴的金鐲子怕有好幾兩重呢！」我因為來去匆匆，沒有機會和平梅碰面，但很為她欣慰，窮人家的女兒終於也戴上了幾兩重的金鐲子！

後來，又隱約聽說平梅夫妻倆都到澳洲自費留學去了，天涯茫茫，終於少了音訊。

大概是三年前，我到東京大學訪書，住在一個昔日同學家裡，她的丈夫是學機械工程的，已在日本一家跨國公司就職，常到澳洲出差，因為那兒有他們公司的一些業務，他談到平梅的一些情況，聽過之後，我和那位女同學都難受得一夜不能成眠。

平梅和她的丈夫去澳洲上的是語言學校，學費不很貴，澳洲物價也便宜，加上他倆又是拿了一些錢出國的，日子過得還算可以。為防止坐喫山空，平梅去了一家海鮮加工廠打工，工作很辛苦，而她的丈夫依然身體不好，不能工作不說，還染上了賭習，常到賭場碰運氣。

六四事件後，平梅夫妻有了永久居留權，安定下來了。但是兩人因無一技之長，澳洲又值經濟衰退，所以都沒有正式工作，靠領救濟金生活。他們在大陸退回的錢大概也用得差不多了，平梅的丈夫想回大陸，平梅不同意，她是一個好強的女人，感到沒唸個學位，又沒賺到錢，無顏見江東父老。夫妻倆常為一些小事爭吵，甚至有一段時日，他們鬧得要分居。

平梅有了身孕，這是結婚多年後第一次懷孕，在大陸時不知喫了多少中藥，折騰來，折騰去，就是沒有生。來到澳洲卻因生活壓力重，再也沒想到這檔事，反而有了。平梅已是三十五歲，算高齡產婦了，醫生囑她注意產前檢查，她也沒往心上去，照樣東跑西顛的。人們都說她的孩子一定很大，因為平梅特別能喫，挺個大肚子像雙胞胎似的。發作那天，還是鄰居送她去的醫院，丈夫幾乎把賭場當家了，一到醫院就破水了，陣痛卻一點也沒有，醫生等了好幾個小時才決定替她剖腹，平梅去的那家醫院是公立醫院，專為窮人治病的，醫生醫術不好，設備也不行。平梅用的是半麻，又稱腰麻，麻藥從脊椎打了進去，麻醉師大概是新手，一邊打一邊沒把握地問病人感覺怎麼樣，孩子倒是平安生下來了，是個快九磅重的男孩。

平梅入了病房，立即昏睡過去，直到第二天，丈夫匆匆趕來，她才發覺自己從腰以下依然毫無感覺，而別的產婦都已下床走動了。直到第三天，依然麻木的像一截木頭，平梅向醫生訴說，醫生一檢查才發現，平梅因麻醉失誤，成了永久性下身癱瘓，一個活蹦歡跳的女人，就這樣毀了。

接下來是將近兩年的惱人訴訟，平梅的丈夫發了瘋似地找律師打官司，要求一筆巨大的賠償，他的心心念念都在錢上，對平梅的照顧簡直談不上。有一次，朋友去探望平梅，見她癱在床上，身上長滿了褥瘡，拖著朋友的手說：「煩你幫我把床頭櫃上的水瓶多灌些水，我口渴死了！」平梅臉蠟黃，頭髮幾乎被剃成男人樣，因為沒人幫她洗，身上一股難聞的味道。朋友說，趙平梅你應該把家裡人申請出來照顧你呀！平梅哭著說她父母年紀大了，又是老實得一輩子連省城都沒去過的鄉下人，怎可能為她飄洋過海？弟妹們早已成家，亦難成行。自己丈夫又整天在外奔跑，真是生不如死。孩子被政府送到監護人家抱養，平梅想見他又無人帶她去，監護人心好，每月送來讓她看看，見一次傷心一次，反是不見的好。

後來，官司打贏了，醫院賠了一大筆錢，丈夫樂得連做夢都在笑，立即想著在悉尼灣購豪宅。他對平梅說要送她到政府辦的療養公寓去，那兒有護士照顧她，自己想開一個店子做生意，沒有閒空看顧她，平梅並不十分清楚賠償的數目，丈夫告訴她說賠的錢都基本上花在請律師上了，所剩無幾，如今平梅可以去住醫院就是打官司才打來的。平梅不知底細，祇說自己是個癱子，多少錢對她也不過是一疊紙罷了，祇希望丈夫替她寄一些給鄉下的父母，也是她一生的孝心。

平梅住進了類似老人公寓的醫院，生活上是有人照顧了，可寂寞卻撕咬著她，丈夫極少去醫院探望，去了也是坐幾分鐘就匆匆離去，丈夫當年曾悉心照顧癱瘓的婆婆，可現在他對平梅視同路人，竟然沒有一點同情心。

平梅不知道，丈夫已購下豪邸，有了情婦，做起了生意，夏天去黃金海岸沖浪，冬天又有冬天的玩法，帶著情婦週遊世界，花的都是平梅的血淚錢！

有些華人朋友為平梅抱不平，可是誰也弄不清平梅住在哪，平梅的丈夫說平梅絕不見旁人，她要脫離俗世。平梅整天躺在療養院中，與外界已的確隔絕了，她一定不知道丈夫所做所為，也許還為丈夫沒有拋棄她另娶而感動呢。

平梅的丈夫根本不提離婚，那對他會是一個大麻煩，財產將平分，而現在他有情婦，有錢，癱了的妻子正是他的福氣。

夫妻情，難道就這樣無情無義？平梅真實的人生故事曾經長久地震撼我的心，以至我對婚姻的本質頗有些質疑起來，良心在婚姻關係中也許永遠應該有它的位置，沒有愛，也要有良心！情盡義猶存。

早婚

沈青青是一個可愛的上海小姐。張愛玲對上海人的第一個印象是白與胖，她有一段有趣的比較，說，「在香港，廣東人十有八九是黝黑瘦小的，比印度人還要黑，比馬來人還要瘦。看慣了他們，上海人顯得個個肥白如瓠，像代乳粉的廣告。」這個觀察就很適應於沈青青，她白得像上好的白糖粉。張愛玲除了外貌的觀察，對上海人的品行也有評論。她接下去就說，「誰都說上海人壞，可是壞得有分寸。上海人會奉承，會趨炎附勢，會混水摸魚，然而，因為他們有處世藝術，他們演得不過火。」沈青青才十七歲，白則白矣，壞卻還看不出來，她是一個剪著乖乖的童花頭，踏著輕巧的白網鞋，哼著流行歌曲的女孩子。

沈青青的父親是大陸一所鼎鼎有名的大學的副教授，他來美國進修，把太太和沈青青也帶來了，太太在大陸是大學的校醫院的醫生，青青是他們的獨生女兒。父親的進修期限只有一年，一年容易又秋天，一年的短暫光陰，連洋牛奶還沒品出味兒就要打道回府了。教授本想帶著太太，女兒逛逛商店，看看公園，可太太罵他腦子像漿糊。太太說，人人都說美國到處有黃金，來了半個多月，黃金一錢也沒撿到，但打工一小時等於大陸十天半月的，這不就是黃金麼？太太東問西找，終於在一家中國餐館找了個收碗的差事，一週後，又把教授介紹進來洗碗，女兒還小，教授捨不得讓她打工喫苦，太太柳眉一橫，說，「什麼喫苦不喫苦的，我當年十六歲下放雲南鄉下，連口乾淨水都沒得喝，村裡的井打不出水，只有一條小河，牛在裡面泡，小孩在河裡鬧，我喝的就是那河裡的水，心想燒開了殺菌，可你上哪兒找柴火？青青喫點苦算什麼？」教授一想也是，於是青青也到餐館打工了。

一家三口，日進斗金談不上，但一天也有百多塊進項，太太笑得合不住嘴，只恨來日無多。不料老板娘有一天把太太喚到僻靜處，劈頭蓋臉就來了一句，「都說上海人刁，妳家青青，才來美國幾天，小妖精似的，就要搶走我家女婿！妳不管教我可要管教啦！不然妳們一家三口趕快滾開！別讓我生氣！」

太太一頭霧水，說，「你這話是人話嗎？青青才十七歲，還是孩子呢？她懂得什麼？」青青不知怎麼溜了進來，說，「媽，別吵了，是真的！」太太一聽，頭一昏，倒在地上了。

老板娘早年隻身來美國闖蕩，跟洋人生下了一個女兒，女兒不滿周歲洋人就跑了，老板娘是未婚同居，一分贍養費也沒有拿到。她帶著女兒四處漂泊，幾十年的人生經歷辛酸又坎坷，好不容易自己買下一家中餐館，做了老板娘。女兒跟著她，未受好的教育，大了就協助母親一同經營餐館。餐館有一位大廚，年輕卻頗有見識，老板娘做主，把女兒嫁給了他。老板娘怕小夫妻聯合起來反排擠她，所以一直大權獨攬。女婿依然是大廚，女兒管收銀，一家人倒也和和睦睦。不料半路殺出一個程咬金，青青倒和大她十多歲的大廚暗中好上了，先是一同去看電影，後來就發展到一同到賭城像小夫妻一樣開房間，等到事情暴露，已經不可收拾。教授氣得從低血壓症一下子成了高血壓，太太也後悔讓女兒過早邁入險惡社會，摔了一個大觔斗。

太太罵女兒不爭氣，教授罵太太害了女兒，老板娘和女兒吞不下這口惡氣，一下子就和大廚辦了離婚，大廚一無所有，捲著鋪蓋搬到公寓住，有時給青青打個電話來，又挨青青父母一頓臭罵。青青也被父母管了起來，一步動彈不得。

教授一家離美的日子愈來愈近，太太心裡也急成一團，整天在家怨天怨地，看著女兒就又氣又心疼。教授已向航空公司訂了三張回上海的飛機票，同事、友人之間的歡送會也開過了。

有一天，太太忽然跟教授商量說：「青青年紀還小，偌能留在美國就好了，我們手上沒有幾個錢，不能供她上學，我思來想去只有一條法子，雖然不是什麼好主意，但這也是她的命！我看讓青青趕緊跟大廚結婚，大廚是公民，青青婚後自然留了下來……。」

青青立即順從了母親的主意，高高興興做了新娘子，大廚喜出望外，硬要教授和太太寫下字據，不得反悔把女兒嫁他。

教授心裡難過，心想來了一趟美國，竟改變了女兒的人生！她還小，本該上大學，將來也嫁一個教授，可現在，唉！

太太倒很釋然，出國時一家三口，回國時一家兩口，她回大陸後愛說，「美國行，別無所獲，嫁掉了女兒，也算完成一件大事。」有人說青青還小呢！怎麼就嫁人了！太太說，「可不是嗎？美國流行早婚，這也是西方文明哪！」

婚姻的代價

H先生和H太太的結婚是他倆互相妥協的結果，H先生認為H太太並不是他理想的人選，H太太更是委委曲曲地嫁了H先生。他們每次夫妻吵架，都會在心中後悔當初的互相妥協，有人問H先生，如果人生還可重演一遍，還會再妥協嗎？H先生的回答斬釘截鐵，說，不！他這話是當著H太太說的，H太太等著的便正是這一句話，如果H先生的回答是模稜兩可，或是乾脆說，是！那第一個跳起來揭發H先生虛偽的便一定是H太太。

H太太是一個江南小城的舞蹈演員，十二歲便進了歌舞劇團，她跳民族舞，紅綢子舞起來連自己也很感動。她祇上過小學，後來靠自學補習了一些文化，但直到現在，她依然祇愛看小人書，邊看畫，邊試著去理解文字。但是，她極其聰明，悟性很好，什麼事，無論家事、國事她在心中一惦量就明白了，所以，她一直很奇怪，為什麼有些飯桶總統會讓人顛覆搞政變，若是換了她，早就把壞人識破了。智者識事於未萌，她就是一個智者。

H太太有非常好的身材，中上等的五官，和直爽大方的性格。她很早就戀愛了，戀的是歌舞團的一位男演員，這一場戀愛使她對自己的舞臺生涯格外珍惜，有時她和他同臺演出，趁觀眾入神時，彼此幸福的對笑，甚至小聲說上幾句悄悄話。晚上演出完畢後，歌舞團會發給演員們餐票，可以拿著餐票在城裡指定的幾家餐館買夜宵喫。他倆騎一輛腳踏車，在春夜江南特有的霏霏夜雨中穿大街走小巷，到一家麵館坐下來，餐館的桌子是原木的，衹刷上清淡的桐油，一碗牛肉麵五角錢，現在怕要賣到五塊了呢！牛肉是滷過的，切得很薄很薄，放上蔥花、梅乾菜、五香豆腐絲，有時還有一小撮筍絲，他很心疼她，總是把牛肉多給她一些。後來，H太太在美國的家裡三天兩頭就滷一次牛肉，味道卻怎麼也沒有當年在江南小城的春夜和他一塊喫的那麼好。後來，她偷偷買嫁妝，他偷偷存錢，準備結婚了……

H先生本是江南小城一個食品公司的統計員，每月薪水四十五元，統計員的活又累又枯燥，那時還沒有計算機，都是用一把又老又重的大算盤，一上一，二上二，心裡唸著這些口訣，彷彿把人生都唸過去了。H先生的眼中，歌舞團的女演員就是天上的仙女，是神秘莫測，萬萬高攀不上的。H先生那時才二十多歲，很有不安心於統計員的遠大理想，他覺得江南的風、雨都是軟綿綿的，沒有意思，只有江南的女人又美又嬌，可是，他連連談了幾個姑娘，都嫌他薪水低，人又長得不太好而吹了。他覺得自己簡直沒有希望，於是便整天下了班就把自己關在家裡。他的曾祖父，是江南小城的名士、舉人，留下不少發黃的線裝書。H先生唸了不少古書，閒來無事，他也會一個人到郊外踏青，到池塘看鄉下的女子採菱，回到家中，寫些詩詞自娛。

H先生有一個叔叔，早年去了美國，與家鄉很少聯繫。叔叔是讀書人，在美國有一份不壞的差事。奶奶去世時，他趕回家鄉奔喪，在小城引起了一陣不小的騷動，臨回美國時，他答應要把H先生帶出去，於是H先生一下成了新聞人物。很多媒人上門替他說親，三姑六婆，七嘴八舌，弄得H先生幾乎招架不住。H太太的姨媽和H先生在同一食品公司工作，她極力推薦自己在歌舞團當演員的外甥女。H先生對演員這個行當有天生的不信任感，女演員在他看來做妻子是太靠不住的，所以並不十分熱心，但當時H太太的姨媽是食品公司的副經理，權力很大，要到美國探望叔叔，進而留在美國，沒有副經理的點頭同意你就別想邁出國門半步，如今副經理親自說媒，你還敢推辭呀！所以H先生只好硬著頭皮答應和演員見面，他是個自尊心很強的男人，越發覺得自己為了出國的目的而找女演員是下賤，沒有骨氣，他當時愛上了一個叫阿嬌的紡織女工，那阿嬌雖說也是別人介紹的，但第一次見面雙方就來了電……

H先生覺得阿嬌是典型的江南人家的小家碧玉，臉圓圓的，眼睛卻細細長長的，皮膚白得像蓮藕，一划就出水似的。阿嬌居然也會寫詩，是江南小城詩社的會員，H先生說一聲，「姑蘇城外寒山寺」阿嬌就接一句，「夜半鐘聲到客船。」H先生心花怒放，大有相識恨晚的感覺。和阿嬌雙雙對對，到上海逛城隍廟，到蘇州觀前街喫麵，到杭州遊西湖，一個發願非他不嫁，一個發願非她不娶，阿嬌還表示若是H先生去不了美國，她也要和H先生結婚，白頭偕老。可如今半路殺出個程咬金來，副經理非要他和女演員好，H先生不知如何是好！他珍視阿嬌的感情，去不了美國又算個什麼呢？難道美國就是天堂，值得自己離鄉去國，還要賠上婚姻？可是，話又說回來，自己已是快要三十的人了，除了去美國也許能夠改變自己的人生，他想不出還有什麼別的法子能讓自己和那把又笨又舊的算盤告別，娶了阿嬌，一同在小城生兒育女，中年，然後是老年，一輩子就這樣完了，他怎麼能甘心呀！於是，他痛下決心，和阿嬌分手，按副經理的心願，和女演員拍拖起來。

女演員並不愛H先生，她早就有了自己的相好，他和她好得像一個人，甚至還有了一個孩子！因為歌舞團沒房子，倆人一時結不成婚，只好忍痛把孩子拿掉了，這些事姨媽都是知道的。可姨媽並不中意他，認為一個男人當演員簡直沒出息透了！H先生在姨媽眼中原來也屬於沒出息的那一類，可如今他能去美國，身價就大不一樣了！姨媽逼著女演員和H先生好，女演員家兄弟姊妹多，姨媽卻膝下猶虛，所以從小女演員就叫姨媽是媽媽，等於過繼給了姨媽作女兒，倆人情同母女，如今姨媽也是為了自己好。再說，她也想去美國，她有一個同事，在北京旅遊時，認識了一位老美，幾個月就飄洋過海當了新娘，聽說如今住洋房，開平治車，家中褓姆排成行！美國和大陸怎麼可以相提並論嘛！想到這，女演員心動了……。

為了美國這個勞什子（不是我編的，是Ｈ太太的口頭禪），Ｈ先生離開了哭得昏天黑地的阿嬌，女演員的事更是轟動小城，因為在一次演出中，她的男朋友居然破口大罵女演員，說她是個沒有心肝的女人，偏偏她在演出中飾演女英雄！所以弄得滿城風雨。男演員拿著一把菜刀，把女演員家的門砍得左一道，右一道，幸好沒有傷人，可是阿嬌和男演員打不過美國，為了美國這勞什子，女演員成了Ｈ太太，經過幾年的折騰，Ｈ先生和Ｈ太太都在華盛頓州住下了。

Ｈ先生成了一個用計算機算帳的會計，Ｈ太太是車衣女工，她的工作跟演出風馬牛不相及。Ｈ先生也不快樂，什麼都沒變，祇是算盤變成了計算機。Ｈ太太每天怨聲載道，咒Ｈ先生，罵美國這個勞什子害了她。她一罵，Ｈ先生的眼前就出現阿嬌的影子。而Ｈ太太呢，常常會在音樂聲中哭紅了眼睛，Ｈ先生知道，她在懷念逝去的時光，懷念男演員。

Ｈ夫妻不知道，他們犧牲了愛，換來的一切又是什麼！他們從沒想過離婚，離婚也是需要勇氣的，他們懶得離婚。

Ｈ先生和Ｈ太太兩年前回了一次大陸，他們發現小城變了，阿嬌嫁了一個承包商，家裡住的小洋樓比他們的好得多。男演員也娶了太太，生了胖兒子，太太是唱評彈的，比Ｈ太太顯得更精神。看來，他倆已忘卻了當年的失落，祇有H先生和H太太在暗自神傷。

他倆回到美國，依然過著和過去一樣的日子，他們也曾試圖彼此接近。可是，過去的陰影卻很難散去，他們總是有一種彼此早已看穿對方的感覺，沒有新意的婚姻就這樣拖了一年又一年。

人人都說H太太是很漂亮，很聰慧的女人，可H先生卻看不到，他想到的是她嫁他的勢利心態。人人都說H先生是很本份，很忠厚的男人，可H太太心中卻不同意，她想到的是他娶她的動機不純。婚姻就是這麼脆弱的關係，像人的眼睛，容不下一粒沙子。

因為這樁婚事緣起的不純，他們付出了整個婚姻的代價。

假面婚姻

有一個女孩叫姚可人，大學學的是心理專業，畢業後在婦聯會工作，一天八小時坐在辦公室裡負責接待前來訪問的婦女，把她們的痛苦申訴記錄下來，然後運用她學到的心理學知識，給她們安慰。有時她還親自出馬，比如，某太太被丈夫打得鼻青臉腫，她就對那太太說，把你先生的電話號碼給我，我要訓他一頓！還不止訓，她有時會利用周末休息，親自上門，堵著門口，要申張正義。她姓姚，叫可人，女人們覺得她的確是挺可人的，男人們大概不這麼想，覺得她很駭人。姚可人自己三十多歲仍小姑獨處，新來的婦女部長對她的工作能力頗有些懷疑，說，「姚小姐自己是沒下過河的人，怎知河水是深是淺？是冷是暖呢？這個職位對她不太合適吧？」即將卸任的前部長說，「誰都可以替換，就是可人不能換，她做這行都快修煉成精了。正因為她不是當局者，所以才旁觀者清，換個某太太，人家哭哭啼啼的找來了，她來一句，『哎，別哭了，家家有本難唸的經，我老公也一樣！』那可怎麼辦？所以可人不能換！」

可人後來終於嫁了人，她的丈夫是市政府的宣傳部長，姓郭，當時大陸要求提拔幹部要年輕化，專業化，郭部長是大學中文系畢業的，當然專業化，人也很年輕，所以另一個化他也有份。他結過一次婚，太太是小學教員，但他剛提部長不到半年，太太就因病去世了。可人嫁他是機關的同事們鼓動的，可人自己也一定挺滿意，婚後，她搬離了單身宿舍，郭部長在市裡蓋的部長樓中占有一套上下兩層的小樓，家裡還請了一個安徽來的保姆，郭部長的前妻留下了一個女兒，當時正上小學三年級。可人的丈夫不喜歡她繼續原來的婦聯會的工作，說事情煩雜，還容易得罪人，所以可人後來調到市立圖書館管報刊，一天到晚坐在那，工作很清閑，而且上至館長，下至同事都對她很客氣，因為她的丈夫是主管市裡一切文化，宣傳工作的部長。

可人白白淨淨的，五官很平常，很多人都看見部長太太坐在報刊部的那張半新不舊的皮椅子上發楞的樣子，和當年婦聯會時精明潑辣的模樣判若兩人，郭部長的形象經常在當地的電視臺上出現，女人們都私下覺得他長得蠻不錯的。

可人的丈夫有很多官場上的應酬，而這些應酬一律是不帶太太的。他的辦公室裡有一間臥室，有時工作晚了，他就會睡在那。經常不回家的丈夫會給可人先來一個電話，可人便帶著女兒睡。

這是一個江南的旅遊城市，市政府的一大部份收入來自於每年蜂湧而至的中外遊客。因為旅遊業的發達，市裡有很多家旅遊公司，旅遊公司裡有不少青春美麗的導遊小姐，郭部長常和她們玩在一起。市裡也有三個劇團，一個是歌舞團，一個是雜耍團，一個是京劇團。郭部長常去劇團看彩排，這也是他的工作，所以，郭部長的身邊有不少女演員。可人想起了她在婦聯會時的工作，是專門替女人打抱不平的，她覺得女人有兩種，一種是被侮辱和被損害的，一種是受寵愛和損害別的女人的，她如今什麼也不是，她好像已不再屬於女人，她是一個官太太，很多人來找她，或者說來求她，有男人也有女人，他們要可人通過她的丈夫幫幫他們，於是，可人有了新的使命感，她常把某人的苦惱和需要解決的問題告訴丈夫，而丈夫都一律認真傾聽著，或否或贊同，並不認為可人多管閑事，這使郭部長在市裡有了很好的聲譽，老百姓都認為他秉公做事，是個好官，清官。

但該來的事一定會來，可人從丈夫的公文包裡發現了他與多個女人鬼混的證據，這些女人有兩大來源，一個來源是那些輕浮的女演員們，另一個來源是那些導遊小姐們，他和剛從大學分來的女秘書也有私情。如今，這些女人顯然有些爭風喫醋的矛盾。風暴的中心反而最平靜，可人早已想到會有這些惱人的事發生，只是她沒料到這麼快，這麼複雜。

可人想起了當年那些女人們哭訴，想起自己捲起袖子到那些可憐的女人家中張正義的往事。她想，她只要操起電話，打到婦聯會去，她知道婦聯會有一位專管這些事的幹部，那個職位，可人自己做了好多年。婦聯會一定會把丈夫好好教訓一頓，讓他從此不敢胡來！

可是，可人不記得她曾處理過一件上層官僚家庭的外遇事件，真的一次好像也沒發生過。是上層的男人都很本份，還是上層社會的太太們都很能把握家醜不可外揚的原則，可人迷惑了……

可人就是可人，她身上的那種當年當婦聯會幹部的職業性又萌發了，她不想沉默下去，她認為整天和這種道德敗壞的男人維持可恥的假面婚姻是件令她萬分痛苦的事。她和婦聯會那位負責接待上訪婦女，替她們排憂解難的自己的後任通了電話，把事情合盤托出。她也找了市長，那個忙得不可開交的市長耐著性子聽完了她的申訴，說了句「清官難斷家務事，但有些家務事鬧大了就是國事，既要當公眾人物，就要有所犧牲，這個世界是很公平的！你要搞女人，那你就不要當大官，要搞也要太太同意！太太一張揚，什麼事都暴露在光天化日下了，郭部長還沒那麼膽大，他只是露出了苗頭，當然苗頭不控制會長成大樹……」可人說，「市長，那您快想法控制，不要讓小郭的壞作風長成大樹呀！」市長的太太親自送可人出來，在昏暗的街燈下，市長太太腆著圓鼓鼓的胖肚皮極力地貼近可人，親切地鼓勵她說，「小姚，你不要怕那些女妖精們！部長級別的幹部要離婚談何容易！小郭他也不會為女人捨得丟官，我家老頭會和他談話，唬一下他就老實了的。」可人覺得心裡一陣放心，心想找個當大官的丈夫還有這種好處，婚姻也是受上面控制的。她心裡暗暗慶幸自己把事情及早挑明是對的。

被市長找去談過話的郭部長像霜打過的秧，蔫了。他從此很怕可人，怕得像老鼠見到貓，能逃就逃。他按時回家，沉默得像一塊石頭，你不翻動它就永遠躺在那兒。他從不和可人多說什麼，他也很少迎著可人的目光，他開始和可人分房睡，可人看見他每天入睡之前都要吃一些幫助睡眠的藥。他依然到劇團去看他們彩排，到旅行社去指導工作，和他有過私情的女秘書早已調離，離令是郭部長親自下達的，新來的秘書是位長滿鬍子的中年男子。

可人覺得丈夫不再是一個男人，而是一個精神上被閹割了的官僚機器，她不知道市長究竟和他說了些什麼？她不敢問丈夫，更不敢問市長。有一次春節聯歡晚會，市長看見可人，特意走過來和可人打招呼，那天每個人都帶著假面，是一個本市少有的假面舞會。市長靠近她，他說話時可人才知道他是市長，他貼近可人的耳朵說，「我警告了他，我說你再不老實我就撤你的職，那時你會丟掉房子，車子，女人，現在你離開女人，你還會有官職，有房子和車子……。」可人慌忙摘下臉上的大蝙蝠假面具，正想和市長說些什麼，市長看見了她的臉，嘀咕了一聲說，「哦，對不起，我還以為你是鄭副市長的太太呢，對不起，對不起了！」

可人站在那，很茫然，舞曲又奏起來了，四面都是帶著假面具的人，這是一個假面舞會嘛！

一帘風絮

有句俗語，說的是女人的命運很像菜籽，男人，更具體地說是嫁與的男人便是那菜地，菜地有肥沃也有貧瘠，菜籽撒下去，將來的前途便全依著那菜地了。也許枯黃精瘦，也許肥頭大耳，端看菜地如何供養菜籽了。這個理論我是半信半疑。過去個人奮鬥時不信，因為那時我努力就餓不著，愈努力就過得愈好，無所謂菜籽、菜地。現在有一點信了，先生一偷懶，家裡就有經濟危機。先生一勤勞，家裡景氣就看好。但要我全信，我做不到。女人應該自強自立，自尊自重。我們也有兩隻手，為什麼要把命運全部托附給對方呢？

三年前，我初來這座美西小城時，常與幾位太太在一塊來來往往。小城生活水平低，先生一人工作就可以養家，加上小城找工作並不容易，所以太太大都在家賦閑。她們並不知道我在寫作，大家都叫我何太太。從她們那，我聽到好些趣事。

大概是我來小城的前一年，小城有一位家喻戶曉的人物，是個女人，大家叫她瓊斯太太。瓊斯太太是一位上海小姐，據說她是城裡最漂亮的華人太太。她還很年輕，穿著那種少女裝，上衣短得露出圓圓的肚臍眼，裙子剛好沒過腳背。瓊斯太太在一家進出口貿易公司當秘書小姐時，認識了到上海教英文的美國人瓊斯。

瓊斯是教會派到大陸去的自願人員，他是一位十分溫和的基督徒，不是假的那種，是真正信主的虔誠信徒。他到大陸傳福音，在一所旅遊學校教英文。年輕漂亮的瓊斯太太剛好在那學校進修英文，她向瓊斯先生發起愛情的進攻。她想到美國來，只有婚嫁可以搭起橋樑，何況瓊斯先生和她年齡相配，相貌也壞不到哪兒去。

瓊斯先生先是吃驚，他萬萬想不到大陸的女孩子這麼開放，後來就很欣慰，甚至有些感動，很快，他們就在上海辦了婚事。

瓊斯先生在上海逗留的日期本來還有一年多，但瓊斯太太等不及，她催著他早日離開上海，於是一對新婚夫婦便返回了小城。瓊斯太太發現小城遠不及上海熱鬧，一望無際的只是蘋果園、櫻桃林或者乾脆什麼都沒有，只有那密密的矮腳松和高高的樺樹林。瓊斯有一套七十年代末期的獨立住宅，是那種塗抹著深巧克力油漆，有昏暗的地下室的舊樓房。還有一部八七年的本田車，車子不新了，還發出氣喘吁吁的怪吼聲，但瓊斯太太很興奮，有樓，有車，她心滿意足了。

瓊斯先生是造紙廠的工人，瓊斯先生很忙，卻很關心閑在家中的太太。他把太太送到移民英文學校學英文，又和華人教會的曾牧師聯絡上，介紹太太和本城的華人家庭認識。

瓊斯太太看見了自己的同胞，也結識了好些位華人太太。她的第一句話總是這樣開頭的，「我的先生是美國人……。」大家在想，她說這話並沒有什麼很深的意思，好像是個自我介紹吧。可是瓊斯太太又接著往下說了，「我家有樓，有車，你們中國人在這混得很辛苦吧！」說罷，她眨起了大眼睛，那裡面充滿了富人對窮人的好奇，也許還有同情。

自己是中國人，又找個同文同種的丈夫的太太們有些氣了，她們的民族自尊心一下子被這位上海來的瓊斯太太喚醒了，大家異口同聲地說：「不會呀！剛來大家都很苦，異國他鄉嘛！可幾年努力下來，日子不比老美過得差！老美不儲蓄，有多少花多少。我們中國人有計劃，又沒壞習慣，又都肯做，肯吃苦……。」瓊斯太太不吭聲了。後來，太太們把她請到各家玩，看見華人太太們的丈夫大都在大公司做事，房子比她家大，車子比她家新，瓊斯太太默然了。

後來就傳出了瓊斯太太與丈夫不合的消息，教會的曾牧師去家訪，看見瓊斯太太怒氣沖沖地指著老實巴腳的瓊斯先生用中文吼道，「把我哄到美國來，日子過得窮巴巴，你，哼！」

小城到大城波特蘭很近，開車半小時就到了。大城人物比小城多，其中有一位從大陸來美國做生意的大款，（富豪之意，為大陸流行語）姓黃，叫黃子星。此人高中文化，說話粗聲大氣，但全身名牌。T恤是帶勾的耐克，皮帶叫皮而卡丹牌。大款來美國考察投資，那才叫財大氣粗，只要和他聊上幾句就有飯吃，菜隨便你點，酒隨便你喝，又動不動敢罵克林頓，說「克林頓搞的啥子名堂嘛！」他別的不說，替大陸人把臉賺盡了。他在城裡逛了一下，說，「房子蠻便宜嘛！比北京的亞運村花園洋房便宜多了，老子買它一幢！」說著，就真的用現款買下一幢，門一鎖，留給空氣住。大款據說辦的是投資移民，很快就拿到綠卡了。大款在美國住了一年多，天天喊悶，說口裡淡出鳥來了。又沒舞好跳，又沒人有閑空陪他吹牛，更重要的又沒有大陸那些傍大款的小姐捧場，大款便坐不住，大陸，美國兩頭跑。

也不知怎麼搞的，瓊斯太太和大款認識了，或者說勾搭上了。瓊斯太太是羅敷自有夫，大款是使君自有婦，但兩人還是纏到一塊去了。瓊斯太太和瓊斯先生吵著離婚，那理由很有些涉及到中美兩國關係。比如，瓊斯太太說，「中國人民從此站起來了，美國鬼子有什麼了不起？我要離婚，回歸祖國。」瓊斯先生打不過她，只好同意離婚。

大款的太太更好打發，大款給了她一筆巨款婚就離了。

大款和瓊斯太太結了婚，她應該算是黃太太了。他們賣掉房，放棄美國綠卡，一心一意回北京做生意去了。

黃太太終於回歸祖國，認祖歸宗了。有人在北京見過她，說她住在亞運村的高級區，家裡有兩個女傭，開的是平治車，養了一條德國狼狗。大款的生意做大了，是個有頭有臉的億萬富翁呢！

太太們告訴我，「小舟，我們覺得她那個人呀！嫁男人就是為了嫁好日子。可我們不煩她，我們挺愛跟老美講她的故事，風水輪流轉，咱中國人富強了，不然像她那樣鬼精的女人肯丟掉老美找老中，離開美國回中國呀！」

我無言以對，向窗外張望，春風中，舞得正歡的是那一帘風絮……

外遇的哀傷

T夫妻都很年輕。T先生是北京清華大學的高材生，T太太是北京外語學院的低材生，不是T太太天分不高，而是她本是一位貪玩的小姐，你在圖書館難睹芳蹤，可什麼時候大學有舞會，她保證在那舞得正歡。T太太有碩長的、美麗的頸項，雪白的，像一截天然玉石。她的頭髮有些偏黃，這使她不像別的女孩那樣，努力突顯她們瀑布般的秀髮，T太太的髮式是男孩子型的，短得不可能再短。T太太小的時候曾練過體操，在南方的都市得過獎牌，這使她有上好的身材，喫多少依然苗苗條條。

大學畢業後，T太太在貿易公司任翻譯，T先生則負笈美國，學電機工程，臨行前，兩家父母做主，催促他們辦了婚事。T先生戀戀不捨，T太太倒大大咧咧的不知傷心，T先生剛一走，她就從城東趕到城西去參加一個舞會了。

T先生在美國，唸書既辛勞又枯燥，獎學金不夠，一週還要打幾個晚上的工才能勉強渡日，T先生除了打工，唸書，唯一的奢侈和愛好就是打越洋電話，每三天他就要和T太太通一次電話，但常常是剃頭擔子一頭熱，T太太那邊忙得很，很少在家。T先生便和她約好時間，讓她務必守在電話旁邊，T先生一點也不責怪妻子，他知道她是一個玩野了的瘋丫頭。

T太太看見男人，很少會想到他是一個男人，她想到的是他是一個人，和她一樣，兩隻眼睛下一個最沒有出息的鼻子，只會吸氣，吐氣，逐香避臭。她有好多好多朋友，不分男人還是女人，大家在一塊玩，跳舞、打球、郊遊、看電影、上飯館、排好長的隊等一場歌劇票子。她嫁T先生是因為他倆是老街坊，一個四合院長大的，所以嫁他安心。

T太太沒心沒肺，可不等於別人也沒心沒肺。有一位詩人在一次舞會上跟了她整整一夜，只和她跳，他的手搭在她的肩上，那天T太太穿著一件沒袖的襯衣，於是他的手便有意無意地在她光潔的，涼津津的手臂上摩擦著，T太太想扔掉這隻手，可又不好意思，T太太從來沒有跟人紅過臉，活了二十三歲，她還沒有一個敵人呢！T太太的女友走了過來，一把揪住詩人的手說，「知趣點，人家丈夫在美國！」詩人果然停下了舞步，T太太傻傻地說，「別這樣，都是朋友，傷了和氣。」

詩人意味深長地一笑，說，「你真好！」

詩人是青年的偶像，他的詩寫在青春的少男少女心尖上，引起許多回響，可T太太不讀詩。T太太的父親是中學英文教員，從小就教T太太和弟弟英文，所以T太太一點不費勁就上了名校。詩人給T太太寫了好多詩，T太太都無動於衷，詩人想，我怎麼這麼沒出息呢！一腦子想著的是把T太太勾引上床才好！詩人的追求得不到回響，終於病了。T太太知道詩人在追求他，也知道他為她病了，T太太便去看望詩人，見詩人窗前有一棵紫丁香。

T太太不準備久坐，她還約了朋友要去游泳呢，詩人說，妳難道還看不出我的心嗎？T太太一楞，倒問他說，「我已嫁了人了呀！難道我又來和你好？婚姻法不允許的呀！」詩人一聽有些失望，覺得T太太沒有半點詩意，可是，她卻有個好聽的名字叫紫雲。

追求T太太是件事半功倍的事，她本是個溫婉的，好脾氣的女人，還沒有學會說不呢！三個月不到，詩人就把她追到手了。詩人並不想要T太太離了婚嫁他，這麼麻煩的事T太太做不好的。好在的是他們的關係淡得近乎無，詩人追到手後發現她的乏味，他又不缺女人，愛詩的女人遍地都是。T太太倒從此有了心事，覺得自己是個壞女人，她想躲開詩人，於是調到了一個陌生的城市。

T先生在美國的日子過得無滋無味，他是一個很痴情的男人，心心念念都在T太太身上。他想盡一切辦法，終於在夫妻分別兩年後，把T太太接到了美國。

學英文的T太太很快也考上研究生，安定下來，T太太早把那一段紅杏出牆的舊事忘得乾乾淨淨。好些熟悉的太太們都對她說，「T太太你好福氣呀！瞧T先生多正經，一個人在這老老實實的，連女人都不多望一眼，一心一意把你接出來，你看李先生、周先生都把國內的老婆休了，T先生真好！」T太太聽了高興得笑了。

T太太來了三年還沒懷上孩子，到醫院一檢查，醫生說她天生子宮幼小，生孩子是沒有指望了，別說生孩子，連夫妻生活大概也有些障礙呢！T先生聽罷臉刷地一下白了，忙問有什麼障礙，他怎麼一點沒感覺到呀，醫生說，你倒沒什麼，可你太太一定很痛苦，她大概從來就沒享受到魚水之樂吧！T先生望一眼T太太，不吭聲了。

T夫妻回到家，那一夜，倆人都轉輾無眠，T先生在黑暗中扳過T太太的肩說，「你真的從來沒感覺嗎？」T太太也慌了，認真想了想，說，「好像沒感覺，不光和你，和詩人也一樣，看來不是你的錯，是我自己有毛病。」T先生嚇了一大跳，騰地一聲跳將起來，拉開燈，一把拖起T太太，眼睛瞪得牛眼似的，厲聲地問道：「什麼詩人？你居然還在國內有情人！今天你不講清楚我不會放過你！」T太太抽泣著說了一切。T先生原來也是個文學青年，雖學的是理工，但詩人的詩他讀過，這更傷了他的自尊心，覺得T太太簡直是個娼婦，自己剛一走，她就和人鬼混，和的還是名人！過去他一直以為T太太是個貪玩但純潔的女孩子，沒想到她居然做這種事！他曾經那麼忠實於她，愛她，T先生委曲得痛哭一場。

T太太慌成一團，說，「你氣不過可以打我，罵我，要離婚我也同意。」她想到自己不會生育，又做了對不起他的事，離婚也是不可避免的事了。T先生想了好久才從牙縫裡迸出一句來，「我自有主意，不要你多話！」

從此，T太太便像一朵被霜打了的花，一下子失去了所有的鮮活。她害怕黑夜，每當黑夜來臨，她的苦難便開始了，丈夫像一頭猛虎似地拚命揉搓著她，擠壓著她，吸吮著她，直到他自己累得精疲力竭才放過她。她向他求饒，求他放過她，丈夫冷笑著說，「你不是喫不著，餓了才偷人嗎？我要讓你喫得撐著，吐出來！」T太太低聲哭泣著，她不敢聲揚，總認為這是一杯自己釀下的苦酒，活該自己喝。

T先生從不提離婚，在人們面前他也一如往昔，不動聲色。可從此T先生開始和別的女人鬼混，有時帶著相好的女人回家，他和過去判若兩人，T太太知道，他受了深深的刺激，心理、生理都有些變態了。

兩年以後，T太太提出了離婚，她對T先生說，「你該放開我了，你的氣也該出夠了……」T先生大哭一場，從此成了一個正常的男人。離婚後不到兩年，他又找了一個新太太，新太太對T先生一切滿意，只是覺得他對她管得緊了一點。T太太則一直獨身，接了她的一個遠親的女兒一塊住著，除了上班，她很少出門，想起往事，如隔世舊夢，聽說她在學佛，快登堂入室，學有所成了。

水瑛的故事

我父母工作的大學叫地質大學，附近全是農家的水田、荷塘、菜畦和一律低暗的農舍。大學有一道用大石頭築就的圍牆，上面插滿尖尖的碎玻璃片，農家的孩子便翻過牆來，用菜刀敲下碎玻璃去賣給廢品店，一公斤合兩分錢。那是很悲慘的一幕，孩子大都打著赤腳，或穿著草鞋，圍牆很陡，玻璃是條築圍牆時趁水泥未乾時插上去的，很難敲下來，孩子常常弄得十指血淋淋的，何況大學的人看見會抓，而水瑛，便是一個用賣玻璃的錢買了塑料髮夾的鄉下女孩子，她是我的小學同學。

人生到這個世界上，便肩負著命運而來，有的人命就是苦，有的人就是生來好命。在鄉下人的眼中，地質大學的人都是好命，他們叫大學的孩子地主仔，地主女。叫地質大學是地主大學，一看見我們就吐口水，打泥巴。父母不許我們還口論理，父親常常從後門踱到鄉間，看著夕陽西下時農人仍在田裡勞作的情景感慨地說，「誰知盤中餐，粒粒皆辛苦！」母親讓我帶水瑛來家裡玩，過年時還幫她買了新衣。後來有一段時日，水瑛開始躲著我，這使我很傷心，問她，她才說，她母親向我母親開口借了十塊錢，錢還沒還，又借了五塊。她家很窮，根本還不上，她覺得母親利用了我們小孩子的友誼，這使她心中很羞愧。我忙問母親，母親說，是有這事，水瑛父親有氣喘病，要去醫院看，可沒有錢。母親說，我們應該借的，知道她還不起也要借，何況水瑛的母親把家裡的雞蛋提了來，常送青菜給我家喫，農民好可憐的，叫水瑛不用往心裡去。

水瑛唸到小學三年級，文革就來了，我們不能再上學，我隨著父母到很僻遠的鄉下勞動，和水瑛斷了音訊，幾年後回來，知道水瑛已退學，在家中帶弟妹、做飯、餵豬。我高中畢業後下鄉，又因病返城，在一家做冰的店子工作，那時條件很苦，冰室一年四季潮氣很重，我的雙腿、雙手關節紅腫，從此留下也許是一生的病根，直到現在，我夏天也要穿厚厚的護膝，手指伸屈不利，此是後話。

我回城後不久，水瑛就出嫁了。丈夫是城裡一家私人理髮店的老板，他的理髮店叫宏運，小得不能再小，只有老板一個人，只剪男髮，不剪女髮。老板是個只有一條腿的人，所以他理髮時是坐著理的。理髮店離地質大學頗近，大家都知道老板有四十幾歲了，一直娶不上老婆，聽說他還酗酒，脾氣壞極了，長得也好難看，肉鼻子，小眼睛，大暴牙，水瑛怎麼會嫁他？

嫁後的水瑛表情嚴肅，她繫著圍裙，在理髮室掃地，燒水，當著客人的面煮飯，洗衣，生了一大堆孩子。父親常去理髮，說水瑛待他很好，每次都取出一條乾淨的熱毛巾給父親擦臉，大學有理髮室，父親去那大概也是因為有水瑛之故吧？我問過水瑛嫁過去滿意嗎？她說她是鄉下戶口，丈夫是城裡戶口，鄉下人不種不得喫，城裡人國家每月給口糧三十斤，油半斤，有糧有油，日子就好過！我聽了無限感傷，人首先要活著，愛才有所附麗，我想起了魯迅先生的名言。

一九七七年，鄧小平恢復了大學入學考試，這是我一生中命運轉變的時刻，父親激動得流下熱淚，逢人就說，「我在大學教了一輩子書，終於我自己的女兒們也能參加考試了！」父親按照考試大綱，親自編寫了一本書一樣厚的複習材料，日夜教我和妹妹們，大學好多老師的孩子也來聽父親義務輔導。父親有一日突然想起了水瑛，要我去找她來聽他輔導，父親說：「水瑛也應該有機會唸書，她也是失學的孩子呀！」父親並不認為水瑛水平低，因為我有一個妹妹也是小學文化，因文革而失去受教育的機會，父親為她補習，她後來唸了博士，在國外的大學任教，奇蹟是人創造的。可我去找水瑛時，她忙把我拉到房後，低聲邊哭邊說，「小舟，我謝夏伯伯了，可我哪裡敢去你家補習？他不打斷我的腿才怪呢！再說米是米，糠是糠，我只認命！」我回來告訴父親，父親又親自去勸，水瑛躲著不出來見他。

後來，我從冰店走入了大學，認識我的人都說，「小舟從賣冰棒的變成了大學學生，全靠人聰明努力呀！」我不信，我還是信命，水瑛不比我笨，小學時她成績比我好，可她早早嫁了人，她逃不出她的命，世界對她不公平！

以後，從母親口中，知道水瑛成了寡婦，丈夫有一次喝多了酒，又受了風寒，半夜起來嘔吐，嘔吐物堵住了喉嚨，一口氣沒上來死了。水瑛被丈夫鄉下趕來的兄弟告上官司，說她想獨吞理髮店才毒死丈夫，誰聽說過喝酒會喝死人呀！中國那時法制不健全，證據不足就先抓人，水瑛被抓進監獄，四個小孩由她十五歲的妹妹帶著，當時她母親已去世多年了，父親有病，兄弟不顧念她，沒人替她出來說話，當時鬧得天翻地覆，後來解剖屍體才宣佈水瑛無罪放了回來。可她不會理髮，夫家又人多勢眾，欺負孤兒寡母，小店被丈夫的兄弟奪去，水瑛回到鄉下，大兒子已能幫忙幹些活了，可萬萬沒想到牽牛到塘裡洗澡時，牛向池塘中間走，孩子也被牛繩牽下塘裡，一下淹死了。都說那塘水不深，可塘底有厚厚的淤泥，水面上又長著蔓延的水草，唉！誠如托爾斯泰所言，幸福的家庭都是一樣的，不幸的家庭各有各的不幸，水瑛哭倒在塘邊，我母親說，水瑛就是個祥林嫂的命！（魯迅小說《祝福》中的人物）

水瑛跟我母親還有聯繫，她如今依然一個人跟著女兒過窮日子，沒人娶她，說她專剋男人，丈夫和兩個兒子都死了，母親說，水瑛老多了，真是個苦命的女人！

第二輯——

愛是心甘情願

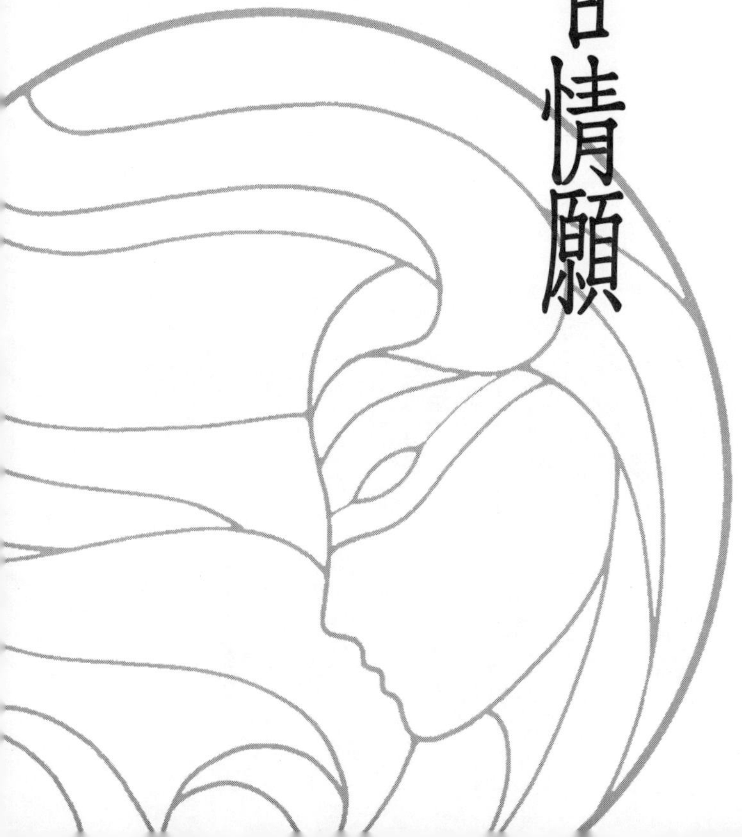

小氣夫和大方妻

M夫妻說起來，算是我轉彎抹角的一個親戚。M太太在新加坡一家海外旅行社工作，專門帶旅行團到海外旅行。M太太是典型的南方佳麗，古人說美的女人有傾國傾城之危險，M太太倒沒有這麼大的魅力，但走在街上，常有男人為她摔跤，因為看了還想看，回過頭去戀戀不捨時，一不留意，腳下就亂了方寸。

M太太是個貪玩的女人，二十八歲了還不想嫁人，可有一次帶團到夏威夷，團中有一家三口，老父、老母和一個乖乖的獨生子，M太太面善嘴甜，對這家人關照體貼，兩個星期旅行歸來，那家姓常的人家便上門提親了。這常家是家境頗殷實的人家，男孩子剛從英國留學回來，主持了父親創下的事業。M太太本不擬同這樣的包辦婚姻合作，但覺得那男士家世清白，人也長得滿不錯，便嫁入常家，成了M太太。婚後內幕外人不太知道，連親戚也不例外，只見M太太去哪Shopping時，M先生都步步緊跟，所以便認定他們夫妻恩愛。M夫妻有一個胖兒子，從小唸的是英校，中文半通不通，過去在新加坡，這是很正常的事，可如今華人勢力日增月長，不會中文反倒顯得父母沒有戰略眼光，都說未來的世紀是華人天下，不會中文怎有競爭力？所以M夫妻又把兒子轉到華校去，果然中文水平一下提高不少，居然成了校內名作家，有一篇題名為「大方人和小氣鬼」的作文在校內佳作榜上張貼了半個多月，還得了獎。M夫妻興高彩烈陪著去領獎，誰知一到會場，看他夫妻倆的人像看動物園的猴子，原來兒子作文中主角是父母大人，大方人是M太太，小氣鬼是M先生，夫妻倆把大作唸畢，從此知道作家的能量不可低估。其實，從倆人結婚時起，大方人和小氣鬼的衝突就開始了，只不過是內部糾紛，如今兒子一張揚，M夫妻反而公開了家中機密，各自有了傾聽的熱心觀眾。

M太太出身貧寒，但她家祖上也富過的，正因為大方過度，家境才日趨沒落。而M先生正相反，出身富家，然他家祖上開始，就有一個銅板分成兩半花的習慣，說好聽是勤儉，說不好聽是小氣。小氣的根性融化在他的血管裡，一見大手大腳的M太太就血流得快起來，彷彿貓見了老鼠，非要撲上去似的。

M太太一進超市，魂兒就飛了，瞪著兩隻空空洞洞的眼睛，看見什麼就抓住什麼，往購物小車上放。M先生緊追於後，太太放什麼他就飛快地、準確地抓出什麼，又放回貨架上。到了交款處，M太太一見空空如也的貨車和心懷鬼胎的M先生，真有不忍看成就付水流的痛心，而M先生呢，想起錢包的信用卡不至於刷得發燒，臉上終於浮起一絲暗笑。

M先生和M太太一同去外邊喫飯，那天是情人節，飯是非喫不可的，早在半年之前，M太太便盼著那一天可以出去喫飯了，M先生自然不敢拂太太美意。夫妻倆按老規矩，先走進烏節路一家最有名的法國餐館，一進門，侍者問「幾位？」夫妻倆異口同聲地回答道，「一位。」，侍者不好深問，便選了一張靠洗手間的座位讓他倆安座，果然M太太點了一人的飯菜，M先生對侍者欠欠身，說，「鄙人已用過飯，請送一杯加了冰的白冰水。」M太太點了最貴的菜，侍者這才有些後悔把她放在不雅的雅座上有些失禮，但一看M先生那杯加了冰的白冰水就覺得應該讓他們喫些苦頭。待到M先生喝完了第四杯白冰水時，M太太的飯便算結束了。倆人走到路邊的小食位上，老板問，「幾位？」，夫妻又異口同聲地回答，「一位。」M先生坐下來，這次座位又不好，靠近一個垃圾桶，也罷了。M先生要了一客星州炒米粉，狠狠心，又要了一個肉粽。M太太不喫不喝，只注意過往行人，一見有些眼熟的面孔，她就嚇得一身汗，丈夫畢竟是有頭有臉的人，在路邊小食攤上大嚼的模樣和他身份有些不合。所以，M太太希望自己胖得像一座肉山，好擋住丈夫的身影，當然，丈夫一喫完，她就想減肥了。

兒子心理不平衡，他弄不清自己的社會定位，跟媽媽出去，他是闊少爺，買名牌球衣，網鞋，上好館子。跟爸爸出去，他是窮小子。這一心理障礙潛伏在心中，使他日後寫成了那篇頗為成功的作文。

M先生深愛太太，他並不十分敢限制太太的用錢習慣，每月帳單他照付不誤，只是從此更縮短了自己的開支，M太太的錢閘一開，他就膽顫心驚。有一年他過生日，一不小心就成了M太太花錢的由頭，M太太叫花店送來九百九十九朵玫瑰組成的花籃，花店來人時，指名道姓要他接，他接過花籃手直抖，說話也哆嗦了，心想，我的媽呀！該要多少錢喲！九百九十九朵呢！送花人好感動，說他送了幾十年花，接花人不是雙手一拍說，「好美麗喲！」就是咪著眼睛做陶醉狀，讓人覺得他或她虛情假意，只有M先生情真意切。

M太太最愛買化妝品，一律巴黎名牌貨，買得太多，只用幾次就扔在一旁了，兒子又用不上，送人又是用過的東西，拿不出手。急壞了M先生，除了口紅、眉筆這些只好忍痛讓它賦閒之外，別的M先生都自己用了，潤膚膏、緊膚水、粉底霜，都不浪費，果然使M先生出落成賈寶玉的俊模樣，所謂，「面若中秋之月，色如春曉之花。」四十多歲了，越活越年輕。

M夫妻依然相親相愛，只是大方的依然大她的方，小氣的依然小他的氣。M太太花錢像流水，M先生小氣如堤防，沒有M先生，M太太的水就會氾濫成災，一放不可收。所以見她氣他，罵他，也還是感謝他。沒有M太太，M先生的堤防又有什麼用？英雄無用武之地罷了。

夫妻間講志同道合，比如，倆人都愛看電影，那正好，一同看去。倆人都愛種花養草，那也好，一同揮汗如雨去。可這大方和小氣鬼，還非得揑在一塊做夫妻好，大方夫配大方妻，那花錢像流水，連家也沖沒了。小氣妻配小氣夫，那日子緊巴巴的沒法過。所以大方人和小氣鬼配在一塊一定是美滿姻緣，當然，要兩強並立，不要一方老想戰勝另一方。

這是我的理論，你不信可以試試。

山本太太

山本太太是我在日本時最好的朋友之一，她是一位頗有名氣的婦科醫生，工作的醫院就叫山本婦人病院，因為這家醫院是屬於她家所有。日本的醫學基本上是西醫，大概是明治時代，她的先祖負笈德國學習西醫，回日本後創辦了這家醫院，傳了一代又一代，都是男人主持。到了山本太太時，家中人口凋寒，祇有她和患有足疾的哥哥，於是兄妹各擁有一半產權，嫂嫂不服，常挑山本太太的毛病，山本太太捲起鋪蓋就到溫泉躲她幾天，我陪她到溫泉躲過，山本太太便和我一同在山間濕得滴水的小徑上慢慢踱著，說給我好多深藏心中的苦悶。

山本太太終身未嫁，至少是至今未嫁，但她卻有兩個孩子，孩子的父親原是一所國立大學理學部的教授，學部長（相當於系主任），教授的太太到山本醫院生第一胎孩子，因為難產，生命垂危，山本太太沉著冷靜，捲起袖子，大冷天穿件短袖，用盡一切措施使母子平安。教授為她的果斷、關懷，也許還有聰慧和美麗感動，而山本太太呢，從少女時代起，她就有不少傾慕者，其中有一位傷心的大男孩為她遠走異國，說是得不到她的愛，便要永遠自我放逐，可山本太太卻沒有看中一個。後來，她成為山本醫院的臺柱子，事業蒸蒸日上，每天從早到晚都在醫院渡過，加上她做為婦產科醫生，目睹了婦女們的痛苦，在婦女生產的哭泣喊叫聲中一天天泯滅了嫁人的念頭，她立志要獨身一輩子，沒想到，一見教授，便全線崩潰，心甘情願地做了他的情婦。

教授是一個矛盾的人，他沒有理由拋棄妻子，當時他結婚才兩年多，妻子是一個十分賢慧的家庭主婦，生命的重心便是丈夫和孩子。教授也害怕這件情事影響到他在社會上的發展前途，所以他常常發誓要離開山本太太。可是，他不但沒有離開她，反而越來越愛她，一拖十多年，山本太太生了兩個他的孩子，但是，孩子不能隨他姓，在戶籍上他們祇是山本太太的孩子，屬於在日本受人鄙視的非婚子……

山本太太是自尊心極強的女人，卻又是個宿命論者，她相信一切都是命運所致，所以不願做任何努力去改變現實。她因為很富有，所以從不要教授一分撫養費，也從不和孩子提起他們的父親。但是，她又在情感上深深依賴於他，離不開他，他倆常一同到海岸的別墅渡假，那是他們共同擁有的資產。一同在週末去高級俱樂部消耗一個夜晚，除了他，山本太太沒有別的任何男人，她把自己做為一個女人的一生全都交給了他。「早先，我還勸他離開他的太太，嫉妒她的名份，可現在我再也沒有這份興緻，這樣過著也挺好，我很自由。」山本太太不止一次地向我說過，不過，我知道她內心是痛苦的，她是一個追求完美的女人，對自己並不完美的感情生活一定有所遺憾。

山本太太的兄嫂都一直在害怕山本太太結婚，不想讓多一個人介入醫院的事務。他們甚至對山本太太的孩子也抱有戒心，直到我來美國後，山本太太還給我寫信，談到將來要把孩子們送來美國學醫，要我像媽媽一樣，疼愛他們，關心他們。

很多人並不知道山本太太的情事，以為孩子是她領養的，所以人們都稱她是山本小姐。我卻一直尊稱她山本太太，表示對她名份的肯定。她很感激我這一點，可是又一想，我的封號不管用，反而傷心起來。

教授為了山本太太也做了犧牲，他擁有外室的事影響了他在大學的聲譽，只好離職到一所小學校當校長，毀掉了做為一個學者的光輝前程。而山本太太卻很為此欣慰，這說明他愛她，甚過愛虛名。

教授的太太我從未見過，據說這是一個以柔勝剛的女人，她比誰都清楚丈夫的情事，但她含辛茹苦忍下來了。有一次，她在街上與山本太太邂逅相遇，山本太太要躲，她卻逕直迎了上去，默默無聲地用眼睛威迫山本太太。山本太太後來說，那是一對她永遠躲不過去的眼睛！

遙遠的歌

陳夢瑤是我在大陸教書時的同事，那時，我剛教書不到兩年，大學招在職博士，我也報名去考，競爭很激烈，因為可以一邊教書，一邊攻學位，每月有薪水可領。系裡推舉我和夢瑤去考，另有其它兩名男教師，夢瑤不把那兩人放在眼裡，她說他們知識老化，不足以畏，他倆當時是六六年畢業的大學生，而我和夢瑤都是七七年入大學的，所以夢瑤死死盯住我，我去圖書館借書，她居然去查我借的是什麼書。我們一同補習英文，當時英文試題是全國統考，很難。分語法、閱讀、聽力三部份，每次預考，我語法、閱讀都很好，我大學時便能看英文原著，但不會說，聽力也很差，是啞巴英文。夢瑤正相反，她會說、會聽，曾隨母親在加拿大住過一年，但語法、閱讀不如我學得紮實。她便向老師建議多考聽力，老師說，這事要教育部管呢！她真的就給教育部寫信，我父母知道有夢瑤這麼一個個性很強的女同事和我競爭，都擔心極了。

夢瑤當時是單身，有一位留著大鬍子的男朋友，聽說是位畫家。可畫家的太太在美國留學，夢瑤很痛苦，系裡教師當時風氣保守，都認為她不該和有婦之夫來往。夢瑤拼命想考在職博士，大概也和她當時心境苦悶有關。結果，我考上了，夢瑤傷心透了，她從此不理睬我。後來，我去了日本，日本人對外國背景的學歷根本看不起，我這個人自尊心很強，一咬牙，又唸了個博士。畢業時，我從校長手中接過滲透我淚水和汗水的學位證書，眼前竟曾浮現過夢瑤那一張怨恨的臉，我有些內疚，早知道命運如此安排，我當年應該成全她的夢想。

夢瑤是個漂亮的女人，但不知是脾氣急躁，個性太強或者乾脆說命不好，她沒有遇上一個真正疼惜她的男人。和畫家來往了幾年，剩下了讓人議論不休的口實，可那畫家根本沒有誠意，待太太在美國找了工作，有了綠卡，便也來了美國，從此和夢瑤斷了。夢瑤後來又和比自己小了七、八歲的男人交往，可那男人是個唱流行歌曲的歌星，他是唱夢瑤作詞的一首歌走紅的。夢瑤的歌詞寫得很好，大學教師收入不多，她靠寫歌詞賺錢。有人告訴我，曾親眼看見夢瑤被那男人氣得哭。男歌星後面有一大幫崇拜者，他對夢瑤的真情實意滿不在乎。大家說，夢瑤這次愛情，光看開頭就知道悲情的結局了。

我曾給夢瑤寫過信，表示當年的悔意和對她現狀的關切，她回過一封信，有一句話她是用彩筆重重描過的，意為強調，「人生就要輕描淡寫的過，一切我都滿不在乎！」

家聲說，這是流行歌曲吧！我和妳都不會唱的。

後來，從母親那知道夢瑤與歌星分手了，正式嫁了人，她的婚事頗為轟動，驚動了不少官方、民間有關人士，幾經周折，才結成婚。原來她的夫君是北京一家名寺的和尚，和尚也有級別，那位和尚是佛學院畢業的，學問很好，和尚本來是學理工的，據說因個人感情受挫，不得解脫，他雲遊到華山，結識了一位名僧，他便向名僧傾吐失戀的苦水，名僧要他把美麗的負心的女人想像成骷髏、臭皮囊，誰會去愛骷髏呢？大徹大悟的和尚終於和女人脫離了一切關係。他有文化，心又很誠，儀表堂堂，很快成為宗教界的名人，遇有外國人來訪，他能用英文跟他們宣講佛理。夢瑤在大學任教，教的是魏晉南北朝史，這是中國歷史上佛教鼎盛的時代，有詩云：「南朝四百八十寺，多少樓臺煙雨中」可見佛風之盛。夢瑤申請了一項科研資助，研究這一歷史時期的寺院經濟。夢瑤是一個多采多姿的女人，她一手寫流行歌詞，一手寫學術著作，動靜協調，有人見她在北京西單的卡拉ＯＫ裡深夜狂歌，也有人見她在寺廟裡翻閱經卷，跟佛學界名僧切磋學問，寫出精闢的論著。再後來，就聽說她跟男歌星一刀兩段，又後來，就聽說她和名僧一同向國家宗教管理局遞出了結婚的申請。夢瑤成了宗教界懼怕的女人，她瓦解出家人六根清淨的心境，把他又拖到了萬丈紅塵的俗緣中！

夢瑤終有一天會印證佛家理論的無比正確，「縱有千年鐵門檻，終需一個土饅頭」她的美麗、衝動、智趣都將濃縮為一個慘白的骷髏，可現在她是一個活生生的女人，芬芳的呼吸，親切的膚肌，綻放的笑意，她告訴和尚把握現今，不要那麼貪心，想著死後的事情。美麗的一剎間勝過永遠，和尚被她鼓動，成了她的丈夫。

夢瑤嘲笑過我的人生，她說小舟只有一個模式，唸學位、教書，連嫁人都如此，找來找去都是找的和自己有差不多人生背景的人。我承認，我是一個比較保守的女人，夢瑤的人生要比我趣意得多。

夢瑤婚後一年未孕，她立即去看婦產科醫生，醫生要她再觀察一年，她說，我都三十五歲了，還等什麼！她吃了一大堆促進排卵的藥，一下生了三胞胎，最小的才三斤多，可一胎生了三個，也算是夢瑤創下的奇蹟了。

最近又傳出夢瑤婚變的消息，我因知之不詳，不敢妄加評論，總覺得她是一個活得有聲有色的女人，人生之路，都是自己在走，每個人有每個人的活法，旁觀者未必能清，當局者未必都迷，所以，我對夢瑤的人生了解，僅限於以上的大致描繪。

互輔夫妻變奏曲

施太太是我的朋友，我倆每天至少要打一通電話，不是我找她，就是她找我。施太太的電話的開場白永遠都是一樣的，「今天有什麼新鮮事嗎？」其實，人生的本質是枯燥的，新鮮事兒真的不好找。我從東方到西方，住過也有好幾個國家了，住久了，新鮮味兒就陳舊了，知道世界原來很小，到哪都是喫飯、穿衣、睡覺這一套。所以，我願意和施太太交朋友，她是一個永遠新鮮的女人。

施太太和施先生是大學時代的同學，據說施太太比施先生聰明一百倍，施先生的習題做不出來時，都是施太太幫他做。但施先生如今是個博士、科學家，年薪一個人賺了全家人不愁沒錢花，施太太卻是四個孩子的媽媽，小的那個還在喂奶，大的也不過五歲。施太太的博士學位證書有一天不小心被她家老二撕了，撕得粉身碎骨，施太太祇好寫信到東部那所赫赫有名的大學去再討一張，校方說，可以，先交錢來！施太太一聽勃然大怒說：「交錢！沒那好事，我才不會交什麼鬼錢討那張紙！」於是，施太太的學歷祇有施先生承認，他倆是同學嘛！一個如此務實不務虛的女人實在很讓人欽佩，本來就是這樣，學位證書衹是一張紙給人看的，而錢卻可以買牛奶、買麵包，反正施太太又不準備出外找事，要那勞什子做什麼！

施太太是個精力過剩的女人，光那四個小孩子就夠她受的，衹見她肩上扛一個，懷裡抱一個，左手右手各拖一個，五張嘴，一個比一個熱鬧。一進她家，就想起了INFORMATION CENTRE（情報中心）牆上掛著的世界地圖，美國全國地圖，華盛頓州地圖，本市地圖。電視一天到晚開著，收音機也開著，家裡窗子從不掛窗帘，因為施太太要伸頭探頸看外面的精彩世界。報紙一地都是，中文的，英文的，訂了五六份。施太太家的電話更是泛濫成災，汽車裡有，車庫裡有，睡房中有，廁所中有，連她身上也有。所以電話一來，鈴聲四處大作，嚇得我神經差點受不了。天下的大事小事，施太太沒有不知道的，我叫她消息靈通人士，緊跟她，你就不會落伍。她彷彿有分身術，哪兒都少不了她，上午十點在城東看見她買菜，十一點她就坐在圖書館當義工了，十二點她在城西王太太家聊天、聚餐，菜都是她炒好的，一點她就帶著小孩到鄰市去看木偶戲了，五點之前她賣掉一千股上漲的股票……

施太太的一天，真是有聲有色！

施太太在這個世界上能長袖善舞，活得有滋有味，唯一的心頭恨就是她的另一半——施先生。施太太的恨是恨鐵不成鋼的恨。施先生是個三棍子打不出一個悶屁來的人，這話雖說粗俗了一些，但很適合施先生的性格。我從沒聽施先生說出一句有三個單詞以上的話，他跟施太太的人生觀不一樣，施太太是耳聽八方，眼觀四面，施先生則只是在一個點上挖掘。他大學畢業時使的是在玻璃上做晶體管，碩士、博士論文還是它，如今頭髮已有些泛白了，還是一個老調子。施先生永遠只喫一種牌子的大米，喝蘋果汁，喫芥蘭炒牛肉。好像，除了專業上的書，其它一概不看。他朝九晚五，刻板得像一臺機器，週末他睡遲一些起來，不管刮風下雨，他圍著自家院子走五圈，然後他鑽進房裡，修一臺開膛破肚，攤得一地都是的老得掉牙的電腦，那是他和施太太當學生時從車庫拍賣中買來的，他修了十年了，還是沒修好。十年中，施太太從一個優秀的工程師變成家庭主婦，生了四個小孩，做過賣房子，賣保險的事。開過鋪子，出版過童話故事，出過車禍，有時她撞別人，有時別人撞她。髮型卷了又放直，鞋子的後跟矮了又高，高了又矮，認識了一個萍水相逢的男士，差一點紅杏出牆。帶著孩子到處旅行，西班牙、南非都去過了，賺過大把的錢，也差一點宣佈個人破產，嚇得施先生成了一節木頭。施太太一天換一個主意，每天都有每天的活法，變著花樣活的活法，而施先生呢，十年如一日，走他的老路。

施太太影響不了施先生，每當她給施先生出新的主意時，施先生都是回她一句：「不好！」，施太太拿他沒辦法，只好由他去。

施太太是一股激流，施先生是一汪靜水，他們那個家，如果沒有施先生，恐怕早被激流沖得無影無蹤，當然，沒有施太太，也會早就如死水一潭，沒有半點活力。施先生靠他的執著，支撐了家的大樑，他成了科學家，有高薪收入。而施太太靠她的活法，使家有了一些色彩。

施太太說，「我和他是兩股道上跑的車，走的不是一條路。」

施先生聽了一笑，說，「她走的山道，我走的水路，都是去一個地方，大方向一致。」

我樂了，這是我聽到的施先生說的最長的句子，施太太說，這也是她聽到的最長，最有趣的句子，儘管他們結婚已有十二年了。

丈夫的秘密

丁先生和丁太太都是離過婚的人，他們都在婚姻這座圍城中受過不輕的傷，衝出圍城後，彼此都在城外遊蕩了三四年，發現城外的生活也有諸多不便。丁先生和公司裡的幾個年輕單身們打打牌，吹吹牛，開著車到老遠的海灣釣螃蟹，把一個鐵籠子扔下去，不出十分鐘，就釣上十幾隻，其中一隻母螃蟹緊緊抓住一隻公螃蟹，說什麼也不肯分開，幾個單身漢都有些感動起來，小小螃蟹尚如此，人將何堪！回來的路上，丁先生便打定主意，要重振旗鼓，再找一個太太。他把這念頭告訴了馮太太，馮太太最喜歡張羅這種事，不出一個星期，就把丁太太找來了。

丁太太和前夫是不折不扣的冤家，二十年婚姻猶如二十年艱苦抗戰，打得彼此焦頭爛額。前夫和丁太太一直鬧到分家，什麼都一分為二，就是一對兒女不好生分，後來兒女大了，離家自立，他們立即宣告散伙。丁太太離婚後一下年輕了十歲似的。可一個人過日子，漸漸生出些煩惱來，覺得悶得慌。所以馮太太把丁先生拉到她面前來時，她只說了一句，「先交往交往吧！」其實她一眼就看中了丁先生，好人，沒脾氣，體貼人。馮太太的小孫女一見人多就高興，尿憋急了還不肯去廁所，小孫女憋尿的樣子很典型，可大人們談得正熱鬧，沒人理會她，忽啦一下，小孫女就尿了一褲子，地毯也濕了一大塊。馮太太氣急了，舉手要打，丁先生一下從沙發上蹦起來說：「別打，要打打我好了，我早看見她憋尿了，都快憋了一小時了。」馮太太氣頭上回了一句，「那你為什麼不說，木頭做的呀！你！」丁先生一下脹紅了臉，說：「我不敢，你們給我說親，正在興頭上，我卻只注意小孩要撒尿，怕破壞大家的情緒，所以，都是我不是，別罵小孩呀！」馮太太笑了，丁太太也笑了，半年之後，馮太太便喝上了丁夫妻的喜酒。

結婚以後，丁太太才發現丁先生沒有多少積蓄，心想怪了，丁先生是資深工程師，婚後沒孩子，原先的太太也是有工作的，並不要他付什麼贍養費，而且聽說是太太吵著要離，拿了自己的鋪蓋細軟就跑了，怎麼會銀行沒有存款，連住的房子還在每月還貸款呢！丁太太忍不住問丁先生，不料丁先生一下白了臉，說：「又來了！又來了！天下女人都好討嫌，她就為這和我打離婚，如今妳又來了，哎，叫我怎麼說呢！」

丁太太好生奇怪，非要丁先生一一講明，丁先生說，「我本來早想告訴妳，可咱們結婚速度像特快車，我都沒想起這事來。我第一次結婚後沒小孩，心裡起先以為是太太有毛病，她屁股尖尖的，人家都說這種女人不會生育呢！沒想到是我自己的毛病，醫生說精子數量少，就跟水似的，怎麼可以生出孩子來？我一聽好傷心，我家三代單傳，人口凋零，到我這還絕了種，我在美國遍求名醫，花了不少錢，還是不行。我聽說大陸有中醫會賜人以子，喫幾副草藥就可以生個胖小孩，於是便隻身走到大陸求醫去了。那名醫在山西太谷，山溝溝裡呢，我千山萬水地尋了去，那時大陸還沒開放，落後著呢！我坐了汽車又坐牛車，這才找到那位名醫，一看是個八十多歲的老頭子，他不收我的錢，說先治病，什麼時候有了孩子，什麼時候再還他錢。老頭並不知道我從美國回去的，我喫了一些稀奇古怪的藥，什麼蚯蚓啦！蛇骨啦！喫了不到兩週，老頭說，好了。你給我去把院子裡那塊大石頭舉起來，你能把那石頭舉起來，你就有勁了，既有了勁，還愁生不出孩子麼！我舉了幾次沒舉起，老頭說，沒治了，你骨頭都朽了，比我還老呢！你也別折騰了，我們村的男人喫了我的藥，一個個如龍似虎，一生生十幾個娃娃呢！可政府不准生，村裡窮，生了也養不活，生下好多就放到水溝裡淹死了。我說，既這樣，還喫什麼藥呀！老頭說，那藥是祖傳下來的，長男人威風，鄉下人不會避孕，祖祖輩輩都是生多了就扔掉。可現在政府不准了，鄉政府只好辦了一個孤兒院，把孩子收養起來，你要就去領一個好了。來我這治病的全這樣，喫了咱村祖傳的藥，有本事的自己生，沒本事的就地拖一個娃回去，放心，都是好娃，活蹦歡跳的。我便隨老頭到孤兒院去了，一看我的心痛了，好多的孩子呀！可政府經費有限，不是不上心，實在沒有能力餵這麼多張嘴。我左看右看，覺得小孩子都怪可憐的，我要了一個孩子，這孩子跟我到美國來，無疑是進了天堂，可其它的怎麼辦？孩子們的眼睛骨溜骨溜地望著我，大概也知道我會給他們帶來好日子，都張著小手想要我接他走，我在那看了好多天，也沒有下定決心抱走一個。

我回到了美國，太太罵我笨，應該看好一個，申請手續辦他來就行了。我不吭氣，夜裡睡覺，眼前全是孤兒院的孩子們那一張張小臉……

丁先生看了一眼丁太太，又接著說，「我每天上班，想到的也是那些孩子。我想，美國生活水平高，大陸低多了，我要接孩子來美國，最多只能接一、兩個，我若寄錢去孤兒院，能夠養活幾十個，給他們買奶粉，買玩具，新棉衣，人在世上幾十年，有能力為什麼不做點好事？於是我和太太商量，她罵得我狗血淋頭似的，我心一橫，自做主張，每月寄錢去那家孤兒院，一寄十年，只要我還能做事，錢就會寄的！太太不高興，我們吵了這些年，她一氣，走了。我忘了告訴妳，這是我的錯，妳現在知道了，我的積蓄不多，就是都給那些孩子們了，……。」

丁太太待丁先生說完，手一拍說，「這就是了！我說你怎麼沒積下多少錢，好好的人太太為什麼要鬧離婚呢？答案都有了，我也就放心了！這算什麼呀！做好事、積陰德！錢多也是用，錢少也是用，我也最見不得可憐的人，別說是孩子了，往後你照樣寄！我不會說什麼的。」

丁先生眼一熱，看著丁太太，立即就要給馮太太打電話，感謝她給自己找了一個好太太。

丁先生寄錢給孤兒這件事在他的人生兩次婚姻中，有著截然不同的反應。前妻因此而和他恩斷情絕，而丁太太卻因此而敬愛他。丁太太早就想找一個好男人，一個可以把終身托附的人，她的前夫是個因詐騙罪而入過獄的人，這使丁太太在人前背後都抬不起頭來，她覺得自己的人生也隨之毀了，所以她再婚時，對對方的人品看得比什麼都重要。她見丁先生沒有什麼積蓄，起了疑心，怕他有什麼見不得人的癖好，一打聽原來是做好事，她就徹底安心了。

丁先生和丁太太還特意回了一次大陸，當地百姓給丁夫妻送了匾，敲鑼打鼓歡迎，孩子們穿著新衣，給恩人行大禮。老名醫早已去世，但他的兒子還記得丁先生，見他新婚燕爾，非要他喫些藥，說新太太好能生孩子的樣子。丁夫妻不好意思，說我們奔六十的人了，還指望生什麼孩子呀！鄉人不信，給丁夫妻帶來好多藥回美國，據說喫了兩年還沒喫完呢！孩子倒沒生，可丁先生的白髮轉青了，太太的眼睛水靈靈的，臉紅撲撲的，越活越年輕。大家好羨慕，有人找丁先生討藥，丁先生是好人，一下給了他好幾大包，但喫了像沒喫似的。看來，是丁夫妻的善舉使藥有了靈性，旁人喫了也是白喫呀！

再婚是婚姻的另一種形式。很多時候，它代表著婚姻的成熟。前車之轍，後車之鑑，所以再婚的男人和女人更知道他們尋找的究竟是什麼。所以，再婚多是婚姻的不幸所致，但結果反而更美好，丁夫妻的結合，就是我所見到的又一例實證。

擇夫

晴荔是大年三十那天夜裡匆匆忙忙從美西小城坐西北航空公司的班機到達北京的，機場上冷冷清清，只有行李傳送帶的沉悶響聲在大廳裡寂寞的從這一頭走到那一頭。她提了行李，沒有立即朝出口走去，反而就勢靠在皮箱上，因為剛才一陣忙亂，她的臉泛著紅潤，她解下脖子上的綢巾，立即又覺得有些寒意。十三年前，她是從這裡走出去的，送行的有父母，和比她小一歲的弟弟，如今弟弟遠在英國，學成後找了個事做，結婚生子，那年弟弟到美國公差，她差一點認不出他來，十多年未見，弟弟成了個懶洋洋，要靠弟媳在一旁催促的中年男人。奇怪，歲月的侵蝕要靠跟自己隔了時空的人才最有心得。弟弟說，姊姊，妳也老了。可晴荔身邊的朋友們都說，晴荔是個最禁得起時間磨損的女人，連她自己也感覺不出十三年光陰給她的外表帶來了什麼，心，她知道至於心，那是再也不能同十三年前相比，不是老了，是倦了。

父母已過世了，他們先後相差兩年走的。晴荔和弟弟都沒有回來，喪事是遠房的表姑張羅的。她自做主張把父母親的用具都賣給了河北保定那邊過來的小販，那是些陳舊的傢俬，只有鄉下的小販還有心把它們收購下來，再賣給鄉下人。晴荔記得姑姑在電話中告訴她，「都拉走了，公家宿舍又不是私房，人家還等著要搬進來呢！是一對小年輕人，剛結婚，催我催得像討債似的，我好歹留下了一張妳爸常坐的太師椅，唉！也快散架了，放在我這，妳姊弟回來，也像看見妳爸一樣……。」當時晴荔在電話這頭哭得幾乎不能自持，她不敢回去，那時她還在上學，沒有綠卡，怕一回去就回不來了。後來父母都不在了，她也就沒了回去的心思。但父母的驟然離去給了她心靈一個永遠的空白，她成了一個沉默寡言的女人，週末看電影，週日上教會。她是工程師，是那家小公司唯一有博士學位的人，老板不停的給她加薪，怕她想走。晴荔早已沒有走的心願了，她覺得天下原來都差不多的，她早先在紐約唸的書，不喜歡大城市的喧嘩，所以在這家公司一做六年，一晃眼，三十四歲的生日又過去快半年了。姑姑一封信接著一封信，催她回北京看看。姑姑說，女大當嫁，妳一個人在這世界上瞎晃，妳父母那顆心還在半空中懸著呢！妳回來，北京好男人一火車還載不完，我都安排好了，妳回來挑一下，這事妳得自己上心！

不知是思鄉還是真的想找一個丈夫，反正，晴荔回來了，回到了闊別十三年的故鄉。她請了二十八天的假，坐了十多個小時的飛機，她忽然站了起來，看見姑姑正向她奔來……。

晴荔慌忙迎上去，姑姑卻一把摟住了她瘦削的肩，「孩子回來就好，咱把皮箱拖出去，齊振平在外面接著，他要了一輛黃蟲。」（指北京的一種出租車）晴荔一下停住了腳步，下意識地用手弄了一下自己有些凌亂的前髮，心想，他怎麼也來了，姑姑做事真是武斷，自己一點心理準備都沒有，祇通過幾次信，八字還沒一撇呢！倒先勞駕他，但晴荔心裡又覺得有些暖意，去國辭鄉十三年，姑姑沒有疏了親情，她連忙握緊了姑姑的手，一同朝出口走去。一個個頭高高，肩膀寬寬，穿著淺灰色夾克的男人向她們迎來，晴荔知道這就是齊振平了。

姑姑告訴過晴荔，齊振平是北京工業大學的講師，這幾年下海了，自己開了一家高科技公司，賺的錢也海了（指好多）。他原來結過婚，太太到美國留學，不知怎麼的，兩人鬧起彆扭來，太太不肯回大陸，齊振平在大陸的事業又如日中天，於是離婚了。

姑姑說齊振平和晴荔年齡相當，齊又是一個很能幹，很有事業的男人，跟在他身後的女人一定少不了。可姑姑一跟他提起晴荔，他就立即表示有興趣，姑姑說，還是沾了美國的光呀！從海外回來挑丈夫，自然身價要高些，何況晴荔長得又不難看。晴荔和齊振平通了幾次信，也打了幾次越洋電話，他勸她回國看看，信和電話中，晴荔感覺到他是一個挺穩重的男人。

齊振平幫助晴荔和姑姑把行李攏上黃蟲，這是一種小麵包車，祇有兩排椅子，硬塑料皮的，不太舒服，姑姑說：「小齊開的車比這好一百倍，他偏要租車接你。」齊振平回頭衝晴荔笑笑說：「黃蟲是北京一種文化，老百姓有了一點錢，不願擠公車了，可又打不起的，黃蟲介於兩者之間，你離開久了，這些年好多新鮮事，我想讓你多看看。」

晴荔感激地笑笑，把臉貼在玻璃車窗上，看北京城的萬家燈火，一幢幢高樓鱗次櫛比，從她眼前晃過，她覺得眼睛一陣潮熱，淚水就順著腮幫流了下來，她慌忙用手去拭，卻見齊振平輕輕推她，遞給她一張帶著幽幽香水味的紙巾……

黃蟲開到一家酒店前停了下來，晴荔一見酒店氣勢不凡，燈火輝煌的樣子，便忙問姑姑為什麼不讓她住家裡，住酒店要花多少錢呀！姑姑說，這是齊振平的主意，他公司常年在這家酒店包了客房，常常空著，晴荔住住無妨，姑姑家人多房擠。晴荔不吭聲了，齊振平幫她把行李搬進房，見天色已晚，便和姑姑一道告辭了。晴荔洗了一個熱水澡，躺在床上，眼睛卻睜著，十多年的往事一一湧上心間，真是百感交集。

第二天，齊振平來酒店接她，他開著一輛德國名牌車，比晴荔在美國開的車不知名貴多少倍。他帶著她在北京城裡逛著，穿大街，過小巷，還陪她去看了父母的墓地，晴荔在西四花店買了一束鮮花，哭倒在父母靈前，齊振平扶起她，說，「當初老人病重，怎麼沒想到回來送終？」晴荔說，「哪敢呀！怕回不去美國了，父母也堅持不讓我回來。」齊振平沉默了，隔了好久才說，「哎，國不強，民不富，當然他的子民要遠走他鄉，真是甚荒唐，反認他鄉是故鄉！」

齊振平要帶晴荔去大三元喫飯，晴荔說，「什麼大三元？我聽都沒聽過，擺那闊氣幹什麼！我們到前門喝一碗豆漿，買兩個蔥油大餅就挺好的！」齊振平說，「好小姐，我也這麼想呢！先是怕妳擺海外來客的闊氣，妳要也這麼想，我們這就去！」晴荔說，「你別把我當外人，走到哪，我也不過是個北京妞罷了。」齊振平不說話，看著她笑。

第二天，晴荔去了齊振平的公司，一看那派頭，就知道他生意做大了。又見公司女孩子不少，個個都比她年輕、漂亮，心裡不禁動了心思，不理解齊振平為什麼要和她好！圖個什麼嘛！他有的是錢，是個大款了，憑他這條件在大陸要什麼樣的姑娘不任他挑？想和自己結婚去美國？大概就是這了，晴荔心裡有些傷感，她覺得自己喜歡上了齊振平，不為別的，只為他的真誠的笑，她覺得他的笑很感動人，十多年了，自己浪跡他鄉，不記得曾面對過這樣一幅笑臉，妳覺得很安心的笑臉。可是一想起齊振平也許是為了去美國才對她笑，她的心就難受起來。

離返美的日子只有兩週了，幾乎每天齊振平都陪著她，公司常有電話找他，他會說，過一下好不好？我正有事呢！他的心心念念似乎都在晴荔身上了……

晴荔發現，她和齊振平學的都是電腦設計，他倆的專業是一樣的！晴荔看了齊振平的公司產品，笑著說，「我倆原來是冤家！」齊振平說「同行是冤家嘛！妳幫美國老板賺，我給自己賺，妳幫人家打工，我自己做老板，怎麼樣？回來吧，做公司的老板娘！」晴荔的臉一下紅得炙手，她說，「說笑話呢！我倆好了，你自然要跟我走的！」晴荔不好意思地看著窗外一株綻放的迎春花，心想，「齊振平，你好會裝呀！你若不是為了去美國，哪裡會找到我！」

齊振平走過來，拉著晴荔的手，把她的手放在自己的手裡，說，「晴荔，你快要回美國了，我們也許將來終生相依，成為夫妻，也許就天各一方，忘了彼此交往過。我找妳，的確是有想法的。我是一個血性男人，我曾經很愛我的前妻，可她卻為了留在美國和我離婚了，她給了我莫大的刺激！說實話，我離開大學，辭去鐵飯碗，走自己創業這條路，就是想做出點事業讓她看看！如今我成功了，可我的心裡還不能平靜！當年的創痛太大了！我要找一個女人，我要她為了我拋卻美國！一如她當年為美國拋卻我！晴荔，留下來，如果妳愛我！」

晴荔的頭轟地一下像要炸了，她抱著頭，偎縮在沙發上，一言不發。原來如此！原來如此呀！他不會跟她走，她卻要為了他回來？十多年的努力，十多年的辛酸，為了留在美國，晴荔她付出了青春，付出了父母親情，如今，離入美國公民籍只有兩年了，卻要為了一個相逢不久的男人回來？可是，美國又有什麼可留戀的呢？寂寞的晨昏，歲月像電腦上的圖像，千篇一律地展示在那裡，只要手指輕輕一按，一切都會消失得無影無蹤，一個異鄉的女人，沒有親人，沒有愛情，多少次，自己不是起過這樣的念頭，「不如歸去！不如歸去！」可是，十多年了，故鄉也已陌生，父母早已逝去，齊振平的確在她心中留下了不易抹卻的印象，或者說，她愛他，但這個愛又有多重，值得她改變自己既定的人生，為了他，萬里而歸？

晴茘不知是對齊振平還是對自己說，「讓我好好想想，讓我好好想想。」她跌坐在那，許久，許久，直到暮色從窗外投進來，吞沒了她和四週的一切。

兩週後，晴茘回到了美國西海岸的小城，細心的人們發現，歸鄉之行，使她驟然衰老了。她弟弟從英國打電話來，問她歸國探親的感想，她抱歉地低聲笑笑，什麼也說不出來，真的，歸國之行好像已是幾十年前的往事，淡得像是一場殘缺的夢，太遙遠了，她已沒有能力捕捉到它，她只問了弟弟英國的天氣，便頹然放下了電話。

第二年春天，小城不見了晴茘的蹤影，她嫁給了齊振平，在北京西直門外的一座十九層的公寓裡，她有了一個新的家。父親坐過的椅子擺在她的臥室中，她習慣入睡前坐在那看北京的萬家燈火，窗臺上有幾塊白色的卵石，是美國西海岸的浪花捲上來的吧？晴茘逝去的美國夢，在白色的卵石上殘存著，那是她才知道的故事，屬於她自己的故事。

寂寞女兒心

戴笑虹和楊哲生拍拖一拍就是八年，剛拍拖時，媽媽還說兩人都太年輕，拖拖拉拉地莫要太匆忙，可笑虹一眨眼就三十多歲了，仍是待嫁閨中。楊哲生也並沒有別的女朋友，他倆就這麼拖拖拉拉地拖著，從大陸拖到美國，不久前，笑虹辭去了在德州的工作，準備到風景很好，人也和氣，就是一年四季陰個臉的華盛頓州，此行無它意，本是向楊哲生靠攏，因為楊哲生一直在華州一家世界聞名的飛機製造公司做工程師，楊哲生嫌西雅圖人太多，便搬到了華州的州府奧林匹克城，買了一幢靠近海灣的住宅，因為面積不大，又是二十年房齡的老屋，所以倒也便宜。每天下班歸來，楊哲生都一個人在海灣邊走走，看夕陽沉入大海，也看航船揚著並不張揚的風帆，慢慢地駛進港灣。他是一個很善於廚藝的男人，回到家，從冰箱中拿出還很新鮮的魚，煎得兩面金黃，再加上幾碗水，放上薑絲蔥葉，熬出乳白色的湯來，再不慌不忙地炒上一道青菜，如：黃豆芽啦！他不愛喫綠豆芽，嫌綠豆芽一煮就出水，還有一股腥氣。菜炒好了，他給自己倒一點淡琥珀色的青島啤酒，一定要青島啤酒，這使他想起了遠在千山萬水之外的故鄉。晚上，他有時看看電視，和當時還在德州的戴笑虹通一下電話，每次他打過去，戴笑虹都是像在桌邊等候似地一下子就提起了電話，她的動作也許太快了，楊哲生心中總是吃了一驚，一時反而講不出話來，所以，每一次都是戴笑虹先開口，楊哲生聽著，戴笑虹是個很沉靜的女人，她的話也不多，所以他倆的電話有一半是沉默。

楊哲生是個很清秀的男人，男人稱得上很清秀的從來不多，而楊哲生就算得上一個。戴笑虹的妹妹就跟戴笑虹嘲笑過他，說他是一個奶油小生。小生是年輕英俊的代名詞，本無半點貶意，但加上奶油做為前輟詞，那就大為不妙了！奶油不就是鬆泡泡的，甜膩膩的，粘得一場糊塗，祇有女人、小孩才愛喫的東西麼？堂堂男子漢像奶油，那還像什麼話？

的確，楊哲生受得起奶油小生這一稱呼，因為母親一連生了五個女孩子，直到母親四十七歲時，才算肚皮爭氣，生下楊哲生來。因為從小在女兒國裡長大，父親又在他還不懂事的時代便去世了，楊哲生被姐姐們簇擁著，他也紮小辮，直到上小學才剪了一個男孩頭，他連上廁所也和女孩一樣，不是站著，倒是坐著的。小學時他常被男孩子欺負，都是姐姐們去幫他伸冤解氣。可上初中後，他就不挨欺負了，因為班上最威風的男孩子和他是朋友，有一次，那男孩居然對他說，我覺得你像我家小妹，我要保護你！楊哲生小小的心突地一跳，心想當妹妹真好，至少可以不受孩子王的欺負。

楊哲生在上大學時，認識了安徽來的姑娘戴笑虹，這個白白的，笑得像月芽兒一樣甜美的女孩子卻有一個硬幫幫的專業，國際政治系！楊哲生心想，在中國搞政治就夠妳受的，還要到國際上去搞呀！楊哲生學的是飛機製造，北京航空學院最熱門的專業。航院離戴笑虹的大學不遠，每到週末，他倆會相約著一同騎著腳踏車到圓明園的廢園中，看淺淺的水田中一天比一天蔥翠的稻子，摘還沒長熟的桃兒，連著細細的茸毛一塊吞下肚子去。初秋的圓明園，太陽暖暖的，他倆藏在齊腰深的草叢裡，抱得緊緊的，吻得彼此透不過氣來，但僅此而已。他們甚至還討論過將來結婚該請誰？楊哲生說，我的五個姐姐個個要請到，不然她們一定會攪得我倆不安寧，戴笑虹說，那是當然的！

後來，楊哲生來了美國留學，學國際政治的戴笑虹反而沒有機會走出國界，她在北京團委下屬的一個機關當個小幹部，她不安份，天天晚上去上夜校，學習英文。終於她也考了很高分的托福，楊哲生又幫她聯繫了自己的大學，可機關死活不同意，戴笑虹一氣之下捲起行李回到故鄉安徽合肥，人熟地為寶，父母、家人都幫她疏通，終於她領到了出國留學的許可證，踏上了飛往美國的飛機。母親說，到了美國，千萬要和楊哲生相親相愛，戴笑虹揮淚辭別家人，奔著新大陸，奔著楊哲生來了。

戴笑虹一下飛機，便看見楊哲生老遠就揮著手向她跑過來，三年未見，戴笑虹和楊哲生都覺得彼此有些不好意思，旁邊有一對老美男女吻得緊鑼密鼓似的熱鬧，他倆卻連手都不敢碰一下。楊哲生偷眼望了一下戴笑虹，只見她穿著一條麻布裙子，白色的坡跟涼皮鞋，勻稱的身段比當學生時成熟了幾許，前胸緊繃繃的，臉蛋紅撲撲的，眼睛還是像一彎明月，亮亮的很有生氣。戴笑虹也望了一下三年不見的男友，見楊哲生清秀的樣子一如以前，上身是一件夾克，記得還是他和她一同在北京當時最時髦的紅都服裝店買的，這使她一陣安心，便靜悄悄地用自己的手指去勾他的手指，楊哲生也沒遲疑，把她的手握得很緊。

楊哲生說，有朋友在外面等著我們呢，果然，機場乘客出口處停著一輛半新不舊的白色福特車，一個金髮碧眼的美國男青年正在四下張望著，一見楊哲生和戴笑虹便高興地迎了上來……

楊哲生說：「笑虹，這是我的同學和室友(Roomie)，我倆同一個教授，相處很友好。」戴笑虹還是第一次知道楊哲生有這麼一個朋友，所以很客氣地連忙伸出手說：「謝謝你來接我，謝謝你對哲生的照顧。」

三人鑽進汽車，那位叫托尼的男青年開車，自然坐在前面的駕駛座上了，楊哲生顯然遲疑了一下，坐到了托尼的身邊，戴笑虹便一個人坐在後座。一路上，托尼和楊哲生都用英文交談著，有時戴笑虹能聽懂一兩句，但更多的時候她聽不懂，她有些落寞，手指上還殘存著楊哲生剛才握過的指溫似的，她怯生生地看著車窗外掠過的風景，一言不語。

汽車在一幢灰色的公寓前停下，楊哲生和托尼一前一後地提著戴笑虹那幾隻笨重的箱子，走到三樓一間房前，楊哲生掏出一把鑰匙開開房門，隨手就把鑰匙交給了戴笑虹，說：「這是妳的，收好呀！」戴笑虹一看，房門裡有一床、一椅，還有一些簡單的用具，她心裡咯登一下，好像針扎一樣，說：「那你住哪裡呢？」

戴笑虹剛剛問出這一句話後，臉就刷地一下紅了。她緊緊咬住嘴下唇，恨自己說話說得太唐突，她和楊哲生並沒有結婚，當然要各住各的了。只是，她知道自己好幾個同學都是和未婚夫一塊住的，美國一定比大陸開放得多，是不是楊哲生和自己三年不見，有些生疏了？

她記得在楊哲生赴美留學的前半年，他是常在她那間雜亂的集體宿舍留宿的，同室的女友們都知趣地讓開，因為大家都知道，他倆本來要結婚的，只是因為沒有房子，才一再推遲婚期。

沒想到，現在來了美國，反而各住各的！戴笑虹有些傷心，看著冷清的小室，心裡一委曲，眼睛就紅了。楊哲生不知和托尼說了幾句什麼，托尼點點頭下樓去了，楊哲生把房門仔細掩好，這才向戴笑虹走來，戴笑虹忍不住一下撲到他的肩頭，抽抽泣泣地哭了起來。楊哲生用手溫柔地摸著她順順溜溜的披髮，說：「人都來了，還哭個什麼？」戴笑虹有些不好意思，垂下眼皮說：「人家想家嘛！」楊哲生看著她略顯疲倦的臉上的淚痕，把嘴唇貼了上去，正要吻她，聽見樓下一陣按喇叭的聲音，他慌忙把頭抬起來，匆匆忙忙地對戴笑虹說：「笑虹，妳很累，初來會倒時差的，妳好好睡一下，吃的東西我都弄好了，餓了拿出來熱一下就好了。我跟托尼今天還要一同到實驗室加班，明天我再來看妳，帶妳去學校見教授，好嗎？」戴笑虹見他有事，立即懂事地說：「那麼你快走吧！不用擔心。」楊哲生一轉身，便跑下樓去了。

戴笑虹坐在空蕩蕩的房子裡，看著窗外異國濃郁的黃昏，覺得有一種難言的寂寞，想起三年來的分離，今日的首聚，心裡又踏實又不安。她想，三年來，楊哲生一定成熟了，進步了，自己在大陸，每天為出國而奮爭，時光都浪費了。

這次出國，又轉了專業，以後的路一定會很艱難，楊哲生是自己的未婚夫，固然可以幫幫自己，可他好像和自己並不像過去那麼貼心似的！戴笑虹從行李中取出兩張相片夾，一張是她和楊哲生的合影，一張是她和父母的合影，她想了想，把和父母合影的那張捧在胸前。

那一夜，戴笑虹幾乎不曾合眼，第二天，楊哲生果然來接她去學校，因為又是托尼同行，她沒好意思和楊哲生多說什麼，儘管她知道托尼根本聽不懂她的話。

楊哲生帶著她在校園轉，介紹情況，托尼一直跟在後面，戴笑虹說，「哲生，讓那老外自己做自己的事，別老佔用人家的時間，他一定很忙。」楊哲生慌忙擺頭說，「不要緊，我和他合用一輛車的，等會我們還要一塊回去，我教你坐巴士，以後我們忙，不能天天送你。」戴笑虹不吭聲了，低著頭看自己的腳尖。

迎面來了幾個大概也是從大陸來的同學，他們熱情地和楊哲生打招呼，楊哲生把戴笑虹介紹給他們，說，「她叫戴笑虹，也是從大陸來的新同學。」戴笑虹等他們走遠後，輕輕地問楊哲生說：「難道美國的大學也不讓談戀愛？」楊哲生楞住了，說：「這話怎麼講？」戴笑虹立即把話遞了過去，「那我明明是你的女朋友，你為什麼要說是新同學呢！」

楊哲生停下了腳步，看了一眼戴笑虹，然後慢慢地說：「笑虹，我不希望你這個樣子，怎麼可以這樣說話？」戴笑虹也停下了腳步，昂起臉看定了楊哲生，說：「那我也不希望你這個樣子，我們三年不見，多少知心話想說，你卻到哪都拖著一個老外，在中間礙手礙腳的，還好是個大男人，要是個女人，我肯定會多心的！」

楊哲生的臉一下脹得通紅，他氣得有些發抖，兩隻手哆嗦著，一時說不出話來。托尼不知楊哲生和戴笑虹發生了什麼事，也停下腳步，接著，戴笑虹注意到，托尼慌忙握住了楊哲生的手，喃喃說些什麼，然後，轉過身來，恨意地瞪了一眼戴笑虹，三人都沒有再說話。最後，還是楊哲生先開口了，說：「笑虹，為了把妳接出來，連經濟擔保都是托尼的父母做的，妳要謝謝他才對！我怎麼冷淡了妳？這兩天，我們都在為妳忙著，以後我們忙，怕也管不了這許多了，那時妳不更怨恨我們？幾年不見，你變得這麼快，真讓我寒心！」

戴笑虹半天才說出一句：「你才變了呢！」

以後的日子，楊哲生和戴笑虹不冷不熱地僵持著，戴笑虹是個很聰明的女孩子，很快熟悉了環境，英語能力也好多了。楊哲生每週會給她打幾通電話，倆人說些可說可不說的話，戴笑虹心想，楊哲生在這三年中，一定身邊出現了另一個心儀的人，那會是一個比自己更有魅力的人，這個人把楊哲生的魂攝走了，所以他才這麼忽視她。她要找出這個人來，要和她較量一番，把楊哲生搶回來！她仍然愛著楊哲生，她確信楊哲生也依然對她有感情，可是那個人在中間橫著，使他倆就像隔了銀河不能相近，這銀河橫在他倆的心間，使他們彼此冷落。可那個人是誰呢？戴笑虹把大學幾乎所有中國來的女性都研究過了，也有和楊哲生走得挺近的女孩子，但好像楊哲生對她們是淡淡的。可是，有一天傍晚，戴笑虹到圖書館去，看見楊哲生正在一樓用電腦找資料，坐著的椅子上有一雙白晰美麗的手搭在那，一個名叫顧小玫的女孩子彎下腰，整個頭幾乎伏在楊哲生的肩上，倆人正低聲細語地說些什麼。顧小玫是土生土長的老北京人，也許祖上就離皇上近，所以從來大大咧咧的，誰也不放在眼裡。她和楊哲生一個研究室，比楊哲生還早來美國呢。戴笑虹心裡一沉，心想自己怎麼會沒有注意到顧小玫呢！原以為顧小玫是有男朋友的，聽說她正和一個老美拍拖，沒想到她和楊哲生也走得這麼近！以後一連幾天，戴笑虹都看見他倆在圖書館，同一個地方，同一種親熱的樣子。

戴笑虹決定去找顧小玫談談，她打聽到顧小玫的住址，便事先沒打招呼，突然上門了。

顧小玫在家，她一開門，見是戴笑虹，有些吃驚，但忙熱情地把戴笑虹請進房內。

戴笑虹說：「不用了，就站在這說兩句我就離開。」她的頭上、肩上撒落著厚厚一層雪花，一雙帶著黑眼圈的雙目透露出她內心的痛苦和不安。

「請把楊哲生交還給我！我們相愛多年，妳也是個女人，應該知道女人的心！」

顧小玫一下刷白了臉，什麼也說不出來。

過了一會，顧小玫才像從夢中醒來似的，她一把抱住戴笑虹的肩，說：「妳好可憐！我們都可憐呀！」

聽了顧小玫的話，戴笑虹一下哭了出來。她來不及深究顧小玫話中的深意，祇是一句「妳好可憐！」便勾出了她來美國一年來愛的失落和寂寞。她一把拉住顧小玫的手，發現她的手很溫暖，而自己的手卻冰冷如石，她更傷心了，說：「妳放開他吧！我什麼也沒做錯，我祇是晚來了三年！」顧小玫輕輕搖搖頭，忙走過去，把室溫調高，她發現，戴笑虹一直在抖著。

「笑虹，妳是個好女孩，我早就從楊哲生那聽說過你。我也像你一樣，曾經愛過楊哲生，在這一點上，也許我的確傷害過你，但我的愛一樣被忽略了，如今我和他祇是好朋友。我已有了真正愛自己的男人，他是一個美國人，我想你不會不知道。當然，楊哲生拒絕我是兩方面的，這我很清楚，一方面他捨不下你，他對你是有感情的。另一方面他還愛著另一個人，他無法平衡自己，這巨大的痛苦幾乎壓垮他……。」

戴笑虹一下激動得差點跳了起來，她說：「那個人究竟是誰？請你告訴我！」

顧小玫沒有馬上回答，她姿態優美地打開一個金色的煙卷盒，從中間抽出一根來，放在唇間，想點燃它，又因手抖，幾次失敗了。戴笑虹看著她，心裡更慌成一團。

「這個人你一定見過，就是托尼！他和楊哲生相愛，不知是誰引誘了誰？反正，他們相愛！你幹嘛那樣看著我，來美國久了，你就知道了，這兒GAY（同性戀）多得很！我下午還有事要出門，對不起，我祇好送客了！」

戴笑虹不知自己是怎樣離開顧小玫，又怎樣乘上巴士的。她坐過了站，祇好一個人在風雪中一步步地向公寓走去。她手裡拿著一把大傘。可是卻無力也無心去撐開它。她的腳下在積雪中寂寞地響著，淚水混合著雪水在她的臉上淌了下來。途中，她覺得已邁不動雙腿，便一屁股坐在地上，又掙扎著起來，她口裡一直在唸叨著：「哲生，你害苦了我，你怎麼會是個GAY？你既是個GAY，又為何要瞞著我，把我接到這來，讓我傷心？讓我這麼可憐！」

戴笑虹回到家時，天已經完全黑了下來。她見電話機上的小紅燈一閃一閃的，按下一聽，是楊哲生打來的，他的話總是那麼幾句，不聽也罷了。可今天戴笑虹卻聽了一遍又一遍，然後一步步走到床前，掩上被子又哭起來，她想起和楊哲生交往這些年，他好像都很正常的，無論心理還是生理，他和戴笑虹當年相處時，都是一個標準的男人呀！人長得是過於清秀了一些，所以自家姐妹們打趣他是奶油小生，可奶油小生也未必就是同性戀呀！他和托尼的確形影不離，好得像一個人，可是，自己還不是有許多女友好得分不開，在大陸，女孩子之間手拉手，肩搭肩，大學宿舍裡你鑽到我的被子裡，我鑽到你的床上，相擁著一塊睡去的事也是常有的，但那絕不是什麼同性戀！誰要交了男朋友，疏遠了自己的女朋友，女朋友吃醋的事多得很，可跟同性戀扯不到一塊呵！那是友情，像姐妹一樣的友情。戴笑虹的哥哥就有一個生死之交的哥們，他倆一塊下鄉，一塊又調回城裡，一塊上大學，畢業後又在一個單位工作，可誰敢說他倆是GAY。哥哥早已結婚，和嫂子感情很好。戴笑虹痛苦地坐起來，又想，我怎麼這麼命苦，如果我的情敵是女人，我也知道怎樣去和她爭回自己心愛的人，可那托尼，七尺男兒，說出來還不把人羞死！可是，托尼和楊哲生既然是這種關係，為什麼他又幫助自己來美國，他不怕我和他爭奪感情？難道他就那麼自信？再說，楊哲生是個孝子，他就不怕將來沒有孩子？他就不怕中國人傳統的理念束縛？他有臉見江東父老？他能拋得下我們這一段情？

戴笑虹強撐起來，坐在鏡子前端詳自己，她記得楊哲生有一次來找她，她正病著，楊哲生就多留了一下，他坐在床沿邊，先用手摸她的額，探試體溫，然後他又把手順著她的臉滑了下去，一直觸遍她的全身，是自己當時一是病著，二是也氣他對自己不冷不熱的態度，便狠心把他的手推出被子外，楊哲生楞了一下，迅速直起身來，穿上大衣就走了……

戴笑虹決定去找美國心理醫生諮詢，她按電話簿上的地址找到一個專門探討性心理的醫生，把楊哲生的事合盤端出，請求指導，那專家認定楊哲生並不是頑固或者說是天生的同性戀者，他對女性依然有反響，依然十分依戀。

他是一個特定環境下的同性戀者，當時，他初來乍到異國他鄉，女友又滯留大陸沒有同來，而且，在大陸時，他和戴笑虹一直有性方面的接觸，來美國後，立即面臨生理上的某大空虛，正好，托尼對他很好，並有性的進攻，加上楊哲生從小在女人堆中長大，潛在的女性模仿意識被托尼喚醒，兩人結成同性的愛情關係，但是，楊哲生對戴笑虹始終不能輕易忘懷，對昔日女友的思念和愛以及從傳統東方文化教育下已育就的道德理念一直在折磨著他，所以，他千方百計要把戴笑虹接出來，托尼為了取悅於他，也協同參與。但是戴笑虹來之後，帶給他的是許多雜事的負擔，戴笑虹最關切的是自己在美國社會的生存和融入，而不是過去那種花前月下的溫情。

相反，托尼在戴笑虹來了之後，強烈地感到愛的威脅，於是他一心一意地加倍小心維護他和楊哲生之間的感情，而戴笑虹卻因完全不知內情而根本無從開展對楊哲生感情的爭取……。

戴笑虹從心理醫生那回來，一路上早已拋卻了一年多來的沉悶心情，她對自己說，我要留下他，奪回他，因為我愛他！

戴笑虹是個十分執著的女人，她認準了的事一定會去做，而且一定要做好！她想，首先是要自己強起來！楊哲生之所以成為托尼的獵物，正是因為他是一個有軟弱傾向的男人。

由於從小受父母、姐妹的寵愛，生活中又一帆風順，楊哲生真是身上充滿了驕（驕傲）嬌（嬌氣）兩種情結，他當時和戴笑虹拍拖的起因，也是在一次同鄉的聚會上，戴笑虹被大家選為會長所表現出來的才氣和能幹。

他倆相處時，楊哲生不管碰到什麼困難、挫折，都是戴笑虹鼓勵他，幫他共渡難關，戴笑虹是個女中豪傑，也許正是這樣，她才獲得了楊哲生的心……

戴笑虹不再找楊哲生幫自己任何忙，不管遇到什麼困難，她都挺起腰去戰勝它。她和楊哲生也幾乎沒有機會碰面，甚至，她還有意躲著他，她對自己說，我要以嶄新的面貌出現，我快要自立了，我一定能自立！

聽說大學計算機中心要一個義工，大家都忙著打餐館工賺生活費，誰也不願去，可戴笑虹卻去了，她心想，我要通過做義工，先擠進白領階層，尋求發展機會。果然，做了一年多，中心就決定正式用她做Full Time工作人員，還提出為她辦綠卡。當時，外國學生要留下來辦綠卡簡直比登天還不易，大家都很羨慕戴笑虹。楊哲生自然也知道了，他告訴別人說，戴笑虹是一個女強人，我早就知道她好能幹！

戴笑虹有了固定薪水，一掃昔日的窮學生樣，同時，她也還在大學繼續攻讀學位，碩士畢業後，她又以新的學位和幾年的工作經驗，換了公司，是一份年薪五萬多的工作。而這時，楊哲生還在學校唸他老也唸不完的PHD！那托尼畢業了，一畢業就遠走高飛，人走茶涼，從此杳無音訊。

楊哲生不敢找戴笑虹，載笑虹卻又像當年在大陸時一樣，每當楊哲生碰到困難時，就會翩然而至。戴笑虹主動來找他，那一次見面，倆人都很激動，已經整整四年，他們沒有單獨在一起了。如今，當年初來美國怯生生的女人已經成長起來，而當年事業、愛情兩得意的楊哲生卻受到事業不順、愛人遠離的打擊，心灰意冷。戴笑虹說，「哲生，不要怕，有我呢！」楊哲生埋在她胸前，求她原諒。戴笑虹什麼也沒有說，她的淚四年前就流完了。

戴笑虹給楊哲生打氣，鼓勵他一鼓作氣，把學位快點唸完。她不讓他再打工，她來負擔他的生活費。女友們笑她太痴，戴笑虹說，有什麼辦法呢！我愛他，心甘情願做這一切。再說，我有今天這一切，也是起因於他，正是對他的愛，使我成為一個女強人。

後來，戴笑虹和楊哲生在華盛頓州定居下來，成了相親相愛的夫妻，他們把過去的故事深深地藏在心中，彼此都相互珍惜。戴笑虹一連生了兩個兒子，因為她仍要出去工作，所以把楊哲生的母親接來照看家庭，如今，一家三代，其樂陶陶，此是後話了。

勿忘我

勿忘我是一種開著淡藍色憂鬱小花朵的草本生植物。中國有，在日本我也見過，美國人叫它「Forget-Me-Not」，常常栽培在家中庭院裡。可我總覺得把它種在庭院裡就實在不那麼適合它的本意了，反不如讓它寂寞開無主，和仁慈的地母相親相偎來得更自然些。

男女之情，愛的約束許多時候也是勿忘我。戀愛中的男女不像婚後的夫妻，一舉一動你都大致曉得它的意義，他對你笑，那是他喜歡你，他對你不理不睬，那是他忽略你，一切都清清楚楚的。就是他或她移情別戀，也最終要有個交待。婚姻關係大抵都不是一種約束或保證，但它比戀愛有交待。我母親告訴過我一個老祖母時代的故事，有一個有錢人家的小姐，她是我外婆娘家舅舅的女兒，她的臀部長了一個瘡，坐也不是，睡也不是，又羞於向人開口談論病情。她家裡是很守舊的大家庭，有自己常來常往的家庭醫生，卻是個中醫。那老中醫每次來看病，都是切脈，看看小姐的舌苔，然後就開一些清火敗毒的中藥煎來喝，看了好久，瘡卻越長越大，越來越疼了。家裡人這才請了一個西醫來。西醫姓普，是個三十多歲的留洋醫學博士，很有架子，也很派頭。他居然有自家的專用汽車，每次來，汽車吼得像牛叫，把街坊們都吸引過來。佣人把他引到小姐房中，見小姐屁股向上，臉向下俯臥著。普醫生堅持要小姐脫下褲子讓他診治，全家人都知道這對小姐來說是一件很難堪的事，僵持了快一個鐘頭，普醫生的茶水都奉上四道了，小姐才同意讓他看看。小姐把一方繡花手巾蓋在臉上，支走了所有的下人，這才讓醫生仔細俯下去看看那瘡。普醫生決定要打一段時間的消炎針，等炎症消失了，再開刀排膿。於是，普醫生每週三次，開著牛吼般的汽車來給小姐打針。他沒看過小姐的臉，只覺得她的肌膚真是凝如鵝脂，溫柔沉靜，觸之可親。而小姐也從沒有看見過普醫生的臉，只覺得他聲音親切，態度和氣，手指修長。待到針打到第四個星期時，普醫生決定給小姐開刀，他把器械箱打開，只聽刀子、攝子一陣亂響，小姐嚇得大叫一聲，從床上一下子彈跳起來，遮臉用的繡花手帕也飛到床下去了。醫生和小姐四目相視，醫生看見了一張他這一生中從來沒有看見過的美麗的臉，他一慌，手術刀便叮噹一聲掉了……

小姐看慣了帶著西瓜皮帽，穿著長衫馬褂，足踏千層底鞋，聳著肩，雙手垂在膝前的男人，乍一看這西裝革履，油頭粉面，鼻架金絲眼鏡的新派男士，驚訝的程度一點也不少於普醫生對她美貌的驚訝。她的心裡一下子喜歡上了這位西醫，她衝他婉然一笑，又用手帕把臉蓋上了，手帕內，她張著渴望的雙眼，臉紅撲撲的。醫生彎腰拾起手術刀，刀上沾了一些地上的泥，他遲疑了一下，終於舉著這把沒有再次消毒的刀，在小姐的身上劃了一個口子。他是西醫，很清楚這將意味著什麼？可是他希望能再多一些時間來和小姐在一起，果然，手術後的第三天，傷口就感染了。小姐發高燒，瘡紅腫著，膿沒有很好的排出。小姐低聲哭泣著，求父親趕快叫那位姓普的醫生來，她此時很想能見到他，她確認自己愛上了那位醫生，她整天趴在床上，耳朵卻警覺地張著，去辨認醫生的牛吼般的汽車發動聲。

小姐的父親是狂熱的中醫信奉者，對西醫向來持激烈的批評態度，他跺著腳咒罵普醫生是個庸醫，把女兒的病治得愈發不可收拾。他叫趕快把中醫請回來，小姐在房內聽到父親的決定差一點昏倒。正忙亂中，下人又進來報告說，那位普醫生是神醫吧，他早已料到小姐病情會出現反覆，早已提著藥箱趕來了，他要給小姐打一種叫做什麼怕你說你的針（盤尼西林的諧音）。小姐的父親一聽大怒，說：「不要他費心了，我們不信西醫，請他回去吧！包幾塊大洋送他當腳力錢！」不料小姐卻一下子從房內衝了出來，當著眾人跪在地上，雙手抱著父親的腿說：「父親，父親，祇有他能救女兒呢！」小姐的父親氣得白了臉，說：「看你披頭散髮的瘋模樣，成何體統！」因為小姐穿著貼身的衣服，而外屋又有許多男人，有些還是家裡的佣人。

中醫被請來了，他一坐下就大罵西醫混蛋，罵完之後就溫習中醫理論，說小姐得的是臀癰，由外感六淫邪氣，過食膏粱厚味，以致營衛不和，氣血凝滯，經絡不通，肌肉腠理之間邪熱聚積，熱盛則肉腐，肉腐則成膿，要用五虎丹插入癰中，把邪毒拔出來是也。

小姐一聽頭向後仰哭了起來，佣人們一擁而上，按住不屈不撓、拳打腳踢的小姐。中醫先生狠狠在她屁股上拍了一巴掌，以懲罰她對西醫的崇洋媚外。一個月後，小姐的癰便收口了，據說，這是我母親家族向來祇信中醫的又一次契機。

但小姐的心病依舊，無人可醫，終於演出了那個時代很常見的悲慘一幕……

小姐愛上了那個油頭粉面的普醫生，而普醫生竟是有家室的，他是新派人物，不能娶姨太太，就是他想娶，以我們家小姐那樣的家世、人品、性情也絕無可以妥協的餘地。但要醫生休了他的太太娶小姐也不大可能，醫生還沒新派到敢於休妻，所以，說來說去，小姐是白看上了醫生，醫生也是白看上了小姐。

害了相思病的小姐患上了肺病，這次家裡人絕不再讓西醫登門了，請的是一位年輕的中醫。年輕的中醫精心地看顧小姐，治好了她的肺病，小姐便由家裡父母大人做主，下嫁了年輕的中醫。他有一家自己的中藥房和診所，小姐帶去了隆重的嫁妝，因為財力雄厚，她先生的事業愈來愈興旺，也引進一些西藥放在藥房賣，而那位普醫生後來自己也患了病，畢竟是中國人，留過洋的他也不得不服些中藥來調劑身體。他一定早已記不得當年有一位美麗的小姐曾為他有過一番也算刻骨銘心的戀情，在愛情記憶上，男人的神經要比女人粗一些。

普醫生給中醫打了一個電話，那時城裡人之間有電話好打說明他們是上等人，普醫生說他要一些中藥幫助消化，他的胃脹，吃不下東西。中醫說，好，普醫生，我給你配幾劑水藥吃吃就好了，中醫說這話時，臉上有一種東方戰勝西方的偉大榮耀感。不料，他剛準備配藥，他的太太，也就是我們家的小姐一下子衝了過來，扳住他的手說：「不行，不能因為他壞了規矩，他也要親自來診所，你要試他的脈、觀他的神，看他的苔！不能讓他認為我們中醫沒有規矩！」中醫望了太太一眼，發現太太臉脹得通紅，秀氣的細眉高挑著，中醫的心感動起來，覺得太太很捍衛他的職業光榮。

普醫生果然來了，牛吼般的汽車換成了如山羊般的叫聲，他依然西裝革履，油頭粉面，只是臉上多了一些歲月的風霜。

兩個男人寒喧著，普醫生終於坐了下來，畢恭畢敬地伸出了一隻手，中醫便屏了呼吸，把自己的手搭在普醫生手上，用食指，中指和無名指順次按在普醫生的寸、尺、關上，然後分別用浮取、中取、沉取的指力去探脈。診堂裡靜得連空氣都凝固起來，接著中醫又要普醫生伸出舌頭研究一番，這才拖出一張紙，慢慢地寫下藥方，又站起身來，親自給普醫生抓藥，一共六包，都用細紙繩包好了。普醫生付上銀元，提起藥，邊鞠躬邊向門口退去，突然，只聽門帘一動，鑽出個美麗的太太來，她穿著暗紫色的綾襖，上面套了一個月白色的掐牙背心，手上戴了一個翠綠鐲子，她用修長的手指拎著一束淡藍色的、已經枯萎的草花，朝普醫生腳下一擲，揚起滿月般的臉，說：「先生，還缺一味藥引子呢！」

普醫生終於認出她是誰了，只好低著聲嚅嚅地說，「缺什麼？」

「勿忘我。」我們的小姐說完，一晃眼又鑽進了帘內，只剩下兩個各有心事的男人在暗自神傷。

這故事母親說過無數次，所以我今天才一會兒功夫就寫下了它，想必有所遺漏，母親不會怪罪，她知道我的記性不好。

我家內部消息

家聲工作很忙，整天在實驗室泡著回不了家。我們家的大事小事他都不大管，一古腦交給我，說是：「你辦事，我放心。」祇有一件事我非要他親躬，那就是剪草。我家的前院、後院都不小，儘管我想方設法縮小草地面積，前院開闢了一個玫瑰花園，後院種了不少菜，但草地還是不小。家聲恨透了剪草，要請花木公司來幫剪，那人剪了一次，收了我們幾十塊，理由是我家草個性倔強，不像別人家的草柔順，大有剪不斷，理還亂的麻煩。並且警告說，「你家雜草多於好草，正不壓邪。」花了錢，聽來一頓冷嘲熱諷，我很生氣。我們又不是闊佬，剪草的事應該自己做，家聲無奈，祇好自己管理。一年下來，院子裡蒲公英到處盛開，小黃菊此起彼伏，熱熱鬧鬧。左鄰右舍都說：「哎呀呀！要趕快殺雜草呀！」家聲慢吞吞地說，「鄧小平說，不管白貓，黑貓，能抓老鼠就是好貓，草地也同此理。不管青草、野草，綠油油的就是好草！」

我們後院還有一個蘋果園，每年冬天要殺蟲，春天要剪枝。蘋果熟了，我們就會告訴朋友們、鄰居們自己來採。去年結得實在太多，朋友們建議我們放在車庫前賣，一塊錢四斤。家聲說：「小舟你去賣，你那樣子挺像農婦的，人家會很放心，知道是自產自銷。我一去人家就不敢買了，覺得我像二道販子，倒買倒賣，又奸又詐。」

像農婦的我和像奸商的他都沒有勇氣把蘋果放在車庫前賣，我倆商量了一下，決定放在車庫前，寫一個牌子，「誰喜歡它就請拿走它！」與其浪費掉，不如讓它為人民服務。我先在那守攤，好半天也沒一個人來拿蘋果，家聲祇好親自出馬，不知是無聊還是餓了，他開始一個接一個地啃蘋果。他專心致志地喫，有滋有味地咂著嘴，情不自禁地冒出好、好的讚美聲，引來了一大幫人，一下子就把蘋果拿光了。

從此，大家都知道家聲有商人天份，如果那天的蘋果不是送，而是賣，我們一定有錢滿之患了。家聲的名聲愈播愈遠，有一位朋友在跳蚤市場租了一個攤位，開張大吉之時，要家聲去捧場，幫守一小時的攤，朋友說：「要你何大博士幹這種事實在委曲了你，不過你是促銷天才，我不得不借你發發小財。」家聲滿口答應、刻意修飾一番，正待出門，忽然眉頭一皺，問道：「你們賣什麼呀！」「舊電器。」朋友說，家聲一下洩了氣，悻悻地說：「那我親自出馬也沒用，我啃不動電器，何況還是舊的！」

我和家聲都不善理財，更具體地說，是我不善，他不理。他除了每天堅持上班，賺錢養家糊口外，就是管付信用卡上借的錢。我們的朋友們都有一些大小投資，有的買房地產，有的買股票，最保守的也搞搞共同基金。常有朋友們來我家高談闊論，探討怎樣發財，家聲耐著性子聽大家說，一心一意地等著大家說累了，他便騰地一下活了，跳到房間中最顯眼的地方，亮開嗓門唱起了「包龍圖打坐在開封府……」他的老生唱得字正腔圓，滿宮滿調。這本事不是刻意學的，是祖上遺傳下來的。他的先人，是北京城裡富甲一方的人物，有大片的房產和遍及京、滬、津的錢莊，富貴鄉中疏懶了心智和骨頭的後代只會做幾件事，抽鴉片，娶小老婆，逛八大胡同（北京的著名妓院），捧戲子。家裡備有唱京劇的好行頭，常把名角請來唱堂會，家業凋零，金錢散盡，猶如春夢一場。只有對京劇的喜好流傳下來，細細地品味，能品出北京舊時世家子弟的人生滄桑。家聲對富貴繁華從來看得很透，他讀張愛玲的小說，會拋書長嘆，說：「何其淒怨，何其厚重！」弄得我也無限感傷。

朋友想買一幢公寓，舉棋未定，請我和家聲去參觀。公寓有幾十套，都住得滿滿的，區域很不好，進進出出的人都有些鬼鬼祟祟的。家聲站在公寓大門口，雙手插在衣袋裡，興致勃勃地注視著進進出出的人，說，「什麼人都全了，雞鳴狗盜之徒，販毒、賣淫、拐賣人口，就是差兩個警察搬進來，不然就是一幢監獄了。」

我跟葉太太學著買股票，第一戰輸了，第二戰勝了，第三戰全軍覆滅，第四戰略有所獲。

因為我家沒有電腦連網，所以我常在葉太太那。一次，妹妹打電話找我，家聲說，「小舟帶著錢兵正在疆場征戰，打得艱苦卓絕，將在外，軍令有所不從，我恐怕叫不回她。」又過了幾個月，家聲跟我說，「小舟，我是一個和平主義者，不喜歡戰爭，妳能不能宣告停戰，將兵都返回，讓家中和平永駐？」

我不弄股票了，家聲笑咪咪地說，和平的日子最美好。

家聲回大陸開會，到一所大學演講，聽的人還不少，講的本是科學，不知怎麼就有人問起了家聲的喜好，他想了想說，「我愛美人，不愛美金，這和我太太對我的期望背道而馳，她希望我愛美金，不要去愛美人。」

大陸有些青年學子要到美國留學，請家聲幫他們申請學校，寄申請費用。有時一個人申請十多所，費用不少，我按家聲的吩咐給大學寄申請金，然後把收據交給家聲，他一把全撕了，說，「我自己未能報效祖國，心有愧意，將來我幫忙申請留學的人中或許有人學成歸國，替國家做點事，這點小錢便是我的歉意。」難怪家聲樂此不疲，白白送錢給人家。

有一次和家聲去看百萬元的豪宅，我羨慕得像劉姥姥進了大觀園，只有咂嘴的份兒。家聲說他有錢也不會買，我驚問其故，他回答說，「這麼大，不利唱戲，廣廈漏音，氣流生阻，多漂亮的嗓子也白搭！」唉！我拿他沒辦法！

家聲一定有精彩的初戀史，可惜他不好意思對我說，但他的小弟有一次來美西做客，把他哥哥的事通通抖落出來了。

家聲十六歲到內蒙古大草原牧馬，在我家的書房裡，掛著家聲的寶物，一幅是內蒙古自治區政府主席布赫題辭「草原上的人們永遠記著這一代青年。」一幅是當年他在內蒙古牧馬的朋友寫的一首詩，「天涯數載走紅塵，牧馬蕭蕭伴此身。歲歲邊風吹綠野，朝朝冷月送黃昏。清歌可揾英雄淚，濁酒難平壯士心。最是無情烏江水，卷去男兒幾度春。」家聲在內蒙古放了六年馬，沒有談過戀愛，因為身邊沒有女性。唯一的一次艷遇是外婆替他張羅的，他回北京探親時，外婆買了兩張連在一塊的電影票，要他和一個名叫周小琴的女孩去看。家聲興高彩烈的去了，他沒有見到周小琴，只見座位旁邊有兩個哼哈大將似的大小夥子，他滿懷狐疑，心想這周小琴看不上我，把她哥哥差來了，不免暗下傷心。不料電影演了十多分鐘，周小琴小姐姍姍而來，一看家聲身邊的大男人嚇得倒退兩步，抖出電影票來，問那男人有否搞錯，那人嘴一咧，說，「對不起了，您啦！我是近視眼，卻買了二十四排的後座，實在看不見哪！您啦！高抬一下貴手，讓我在這座上看個安心吧！您啦！」姑娘害羞不敢說真情，家聲要在姑娘面前裝斯文，也不敢硬逼那男人走，後面的人又不耐煩地噓他們，說，「快坐下，別影響大夥看電影！」周小琴只好離開，不知所終。黑暗中，家聲也想決心跟著她走，但電影上正打得激烈，他又最愛看打得激烈的戲，一顆心提到嗓門上，漸漸地覺得與周小琴相親的事不那麼重要了。回到家來，外婆把他一頓好罵，從此，任他天涯海角，獨來獨往，後來，外婆去世，找太太的事就全靠他個人奮鬥了。

我是一個比較愛安靜的女人，他卻愛熱鬧，恨不得家裡天天宴請賓客，大家都來聽他唱包公或者是看他扮諸葛亮。有時我鑽在書房一坐就是半天，寫作，讀書，看信，或者乾脆一個人發獃。他在門外弄出很多聲響想讓我注意，有時會搬個椅子爬在門上最上端的玻璃上看我究竟在做什麼？幾次觀察下來，他很憂鬱地告訴他的朋友，「小舟有自閉症，是那種界於成人與未成年人之間，界於天才和笨蛋之間的類型！」

只有一次，他不小心流露出他對那位周小琴小姐的懷念和遺憾，他說她是一位愛熱鬧的小姐，不僅站著看完了那一場打得你死我活的武打片，鑽出影院時，正好有人在街頭賣老鼠藥，鑼鼓喧天，人頭湧動，是兩隻猴子在翻筋斗。周小琴小姐便聚精會神地看，忘記了她本來是要相親，只是不知道，她回家挨她奶奶罵沒有？她奶奶和家聲的外婆是好朋友，她倆共同為這樁未成的婚事遺憾了好多年。

「如果是小舟，她不會看武打，也不會看猴戲，她會去喫一碗麻辣麵，電影院對面的那家麵館的麻辣麵很棒，她比較好吃……。」家聲這樣斷言著，笑得賊賊地。

愛是心甘情願

我妹夫因為業務的關係，常常從新加坡來美國公事，只要有可能，他都要千方百計地來西海岸看望我和家聲，放下一大堆禮物，給我講一兩個他所聽到或見到的人生故事。他愛講，我愛聽，有時送他上飛機了，故事還沒有講完。於是，我心中惆悵著，便想著，把我杜撰的結尾講給家聲聽。

有一個故事是這樣的。

妹夫在德國西北部的大學唸博士時，研究室有一位漂亮的波蘭女同學，叫維娜。她瘦瘦的，臉色很蒼白。課餘在學校食堂做女招待，遇到熟人來，她便沖上一杯熱騰騰的咖啡，笑盈盈地悄悄遞上來，壓低聲音說，「別怕，我有免費咖啡喝，算我的份子，我少喝一些就好了。」她不是慷他人之慨，她真的忍住不去倒咖啡喝，忙得一頭大汗的維娜如果那天請朋友喝了咖啡，她就會咕嚕咕嚕地喝自來水。

研究室有兩位老中，一位是妹夫，他那時和我妹妹已訂婚了，妹妹和他都戴了一個訂婚戒指，戒指打得小了一些，緊緊地嵌在手指上，使兩人都無形中憶起了對天涯海角的另一半的承諾。還有一位老中叫蔡文祥，文祥是印尼華裔的闊公子，他來德國留學時，家裡恨不得把女佣也一併送來看顧他，女佣固然不好跟來，但家裡的金錢支票早已幫他存在銀行裡。他開歐洲名車，常去各地渡假，住豪華公寓，文祥身邊也有好些女孩子，走馬燈似的換著。臺灣女孩、香港新馬的小姐、大陸姑娘、甚至也有驕傲的德國女郎。夜裡荒唐的花花公子蔡文祥在學業上倒從不放鬆自己，他專業學得不錯，還沒畢業，就有大公司有意聘請，文祥甩髮一笑，說，「我留在這裡？我老父的產業還等我繼承呢！我要回去的。娶妻生子，父母早安排好了。」妹夫便替圍在他身邊的女孩子們傷感起來，看來他對她們都是杯水主義，嫁入豪門的夢想注定很難實現的。

德國這個民族很排外，對亞洲和東歐來的人都抱有一種種族優勝的心理。妹夫研究室的教授是個四十多歲的德國男人，不苟言笑，儀表堂堂，學問極好。他有一個很完美的家，漂亮的太太和同樣漂亮的女兒。

來自波蘭的維娜冰清玉潔，但難掩錢包不充足的窘迫，女人的窮困，比男人更可悲。維娜要打工，還要幫教授做好些事來得到一些經濟上的贊助。維娜住在教會提供的低租金宿舍，只有一張緊貼牆壁的窄窄的小床，早餐和晚餐都是廉價的蒜泥腸夾白麵包。維娜穿著也不講究，她沒資格講究，幸好這個蒼白的女孩子有凹凸有致的美好身材，和一張酷似英格麗・褒嫚影星的臉。所以灰姑娘的身後有不少傾慕的男士，約會的電話不停地打到研究室來，研究室的廢置玻璃瓶裡會不時有康乃馨、鬱金香或者腥紅的玫瑰花，那是傾慕者送給維娜，維娜的房間太小，便把它們都帶到研究室來了。

有一次，文祥帶妹夫去小酒館喝酒，頗有些醉意的文祥昂起喝得發白的臉說，「教授這個正人君子，好像對維娜有些異樣的好呢！那天我晚上闖去研究室，見研究室只有他倆……」

妹夫聽了一楞，說，「文祥你喝多了！」文祥把妹夫的手一推，又喝了一杯，搖著頭說，「我沒醉，我早看出了，教授喜歡維娜！」妹夫是個很謹慎的人，他忙奪下文祥的杯子說，「不要說了！我們千里迢迢地來這求學，為的不過是一紙文憑，平平安安學位到手就打道回府好了。你說出來，教授有個三長兩短，我們學業也受影響，我們跟了他三、四年了，何必節外生枝呢！只當沒看見嘛！」「不行，你沒看見我看見了！」文祥突地一下跳將起來，額頭上暴著青筋，手抖個不停。在送文祥回寓所的路上，文祥吐了一車子，喘著粗氣對妹夫說，「我好痛苦！我好痛苦！我告訴你實話，我愛維娜，我向她求過婚，不是求愛，是求婚！可她拒絕了。她一定心裡有別人了！我失望了，才和別的女孩亂玩，我現在找到謎底了！我雖然什麼也沒有看見，可那房子裡的空氣我也嗅得出來，他們有秘密！」

妹夫心裡騰地一下輕鬆起來，原來一切都只是文祥的想像罷了。但文祥說出了他對維娜的感情，倒使妹夫感動起來，他認為他倆很般配的。至於教授，妹夫並不認為他對維娜有什麼，一個身居顯赫地位的成名教授絕不會為一個窮國來的女孩子毀掉錦繡前程。可妹夫從此有了一種不祥的預感，他日以繼夜地趕寫論文，追在教授後面吵著要畢業，終於他答辯完畢，回到了遙遠的祖國，和我妹妹完婚，生兒育女，從講師一直做到自己也成為教授。

果然，妹夫走後不久，研究室就爆發了慘烈的事情，維娜自殺身亡，她帶著過量的安眠藥一個人到德國南部的一個少有人跡的小鎮旅館服藥自殺。沒有留下隻言片紙，隨身攜帶的行李袋中只有幾件換洗衣服。警方通知了大學，大學接著又收到維娜絕無他殺跡象的警方報告。不久，教授突然辭去大學教職，攜全家去了北歐。新來的教授對原來教授的治學和管理方法頗不以為然，花了不少時間來厲行改革。文祥又拖了兩年才勉強取得學位，他回到了印尼，娶了一位嬌美的泰國華裔小姐。他和妹夫不寫信，也絕少電話來往，但每次有機會去新加坡，都會約妹夫到烏節路最豪華的餐館豪飲。他和妹夫談股市，談西方的吸毒和少女未婚先孕，談香港九七，談大陸政治走勢，就是不談維娜和那失去蹤跡的教授。

又過了幾年，蔡文祥舉家移民加拿大，到新加坡處理一些蔡家在新加坡的投資，又約妹夫相聚。想到將來與他相聚機會渺然，妹夫終於忍不住發問當年事，不料蔡文祥揚眉朗朗而笑說，「我也多情，教授亦多情，其實維娜愛的是故鄉華沙的一位中學化學教師，兩人山盟海誓，他答應等她，不料不待她學成歸去，教師便和別的女人結婚，維娜傷心之極便擇了如此下策！」

妹夫擺頭表示不信，蔡文祥說，「我本來也不信，可警方後來結案是這樣結的，找到了不少證據呢！」

「那是一個人見人愛的姑娘。」蔡文祥咪起雙眼，定定地看著窗外南洋烈日下蓬大的雨樹，有心無心地說，「又該下雨了，多倫多不太下雨，可冬天的雪很煩人……」。

「可是，她怎麼就肯去死呢？她那麼年輕，那麼有希望……。」妹夫急急地說。

「愛是心甘情願，包括死……。」蔡文祥說罷，大聲招呼那白淨秀氣的女招待說：「結帳！餘錢不必找了。」

妹夫決定要把故事講給我聽，他知道我一定為那個波蘭女孩子寫一個淒怨而美麗的故事。

自梳女

一個國家，一個民族的整體命運常常可以從女人的命運上反映出來，女人永遠是敏銳的一群。在早先，新加坡、大馬那些有錢人家中，做女佣的都是華人婦女，如今已被菲佣、印尼佣人取代了。早年的新加坡，有不少華人從中國千辛萬苦地前來南洋謀生，有男人，也有女人。有一種名叫自梳女的女人最為可憐，她們年紀輕輕地被迫來到南洋，身無分文，舉目無親，便到有錢人家幫佣。賺下生活費，又從微薄的生活費中抽出一大部份寄給中國的親人，為了家鄉的親人的生活，她們立志終身不嫁，在神明面前發誓，把青春的秀髮梳成一個髻，所以被人稱做自梳女。我的一個親戚家裡，就有一位名叫阿金姐的自梳女。她大概有八十多歲了，在我親戚家工作了六十多個春秋，帶大了好幾個孩子，如今她已是年老力衰，反而需要別人照顧，幸好家裡有菲佣，菲佣對老人有同病相憐的感情，對老人的生活起居有所照應。我每次有機會去新加坡探親，或是那邊有人來美國，我都一定問到老人的近況，心中希望親戚們不要嫌棄她，要把她當自家人待。人是一定要有憐憫心的，別說一個把一輩子都給了別人的女人，就是對一個陌路人，也要予以關懷。不過，有錢人心往往反而不慈悲，因為他們的世界裡，什麼都一帆風順，不知何為貧窮。我母親就說過，阿金姐如果在我們這樣的平常人家，反而會成為家中一員。而在豪門大宅裡，人情淡漠，將來還不知老人會有什麼結果呢！母親又說，女人，還是要有自己的家，自己的孩子，要獨身，就一定要有過人的生存本事和足夠的錢財，像阿金姐多可憐！

阿金是廣東梅縣人，據她說，家裡有兄弟姐妹十多個，從懂事起，家裡就很少有喫乾飯的時候，都是一個大鐵鍋盛了大鍋稀薄如水的稀飯，菜是蕃薯葉，個個面黃飢瘦。有一年家鄉旱災，她母親把她托給一個常跑南洋碼頭的水客帶到了新加坡，給人家幫佣。從十七歲時起，她就開始寄錢養家了。

那時候，幫佣很辛苦。要用手洗一家大小的衣，手掌在搓衣板上搓得又紅又腫，要做一家大小的飯，從早到晚，從年頭做到年尾，要到過年才有幾天休息。要侍候老人，還要帶主人家的小孩，主人家有店鋪或作坊的，閒來還要去幫忙，就像一臺機器，沒日沒夜的做工……

阿金姐有一幫姐妹淘，也都是從廣東來南洋謀生的，她們互相交換故鄉的音訊，有空常走動。有一個姐妹淘嫁了人，一下生了好幾個孩子，丈夫是漁民，日子過得很艱難。自己養家糊口已很不容易，哪裡還有閒錢寄回家鄉，可寄錢養家是她們來南洋謀生的使命，如果要嫁，何必拋下家鄉父母親人，一個人跑到這燠熱烤人的南洋來？故鄉又不是沒有好男人？所以，阿金姐不想嫁人，她知道自己的使命就是多積錢，再給親人寄去，使他們生活得好一些。

阿金姐是個挺好看的女人，每天的辛勤勞作使她渾身散發出勞動婦女的精幹和美麗，有一位做金銀手飾的工匠看上了她，那工匠姓司馬，一個怪怪的姓。他幫阿金姐打了一付金耳環，托人問阿金姐求婚，那一年，阿金姐二十二歲，女人如花般的年華。

阿金姐不假思索地就一口拒絕了，據說，那金銀匠很傷心，跑到呂宋島上娶了一個異族女人。可沒想到，不到三年，阿金姐就經歷了一場轟轟烈烈的戀愛。那男人是一個泥水匠，也是從廣東來南洋謀生的。有一次，阿金姐去看廣東大戲，被一個無賴男人摸了一把大腿，阿金姐不敢吭聲，泥水匠在一旁看得真切，上來就給了那無賴一個飛腳，從此倆人相識了。泥水匠的衣服都是阿金姐在主人家熟睡之後一針一線幫他縫的，後來，泥水匠向阿金姐求婚，阿金姐找了東家談，想嫁人後依然幫傭，東家一口拒絕了，怕的是婚後的阿金分心。阿金也知道泥水匠沒有財產，做一天，活一天，嫁了他，自己便不可能再寄錢給家鄉的親人了。阿金姐因為窮困，親手扼殺了愛情。二十七歲那年，她正式成了自梳女，從此，和男婚女嫁之事無緣了。

東家都喜歡雇用自梳女，因為她們無望無欲，沒有拖累，一心一意以主人家為家，當牛做馬，換取幾個血汗錢寄給故鄉的親人。有的心好的東家，會把自梳女留在家中養老送終，但更多的自梳女晚景淒涼。她們被主人趕出家門，無處安身。即使回到中國去，也因人事全非，受過自己一生恩惠的晚輩不見得會善待老人。對這些把自己一生都奉獻出來的自梳女，命運實在太不公平。

貧窮，會毀掉一個人受教育的權利，毀掉人的健康，甚至自尊。貧窮，也會毀掉愛情。愛本是上帝賜給每一個人的權利，但貧窮卻可以輕而易舉地奪走它。所以，魯迅先生說，人首先要活著，愛才有所附麗，連活下去的財富都沒有，遑論愛與被愛。

新加坡的中學華文語文課本中，收入了一篇講自梳女悲慘人生的課文，相信每個孩子唸到它，都會湧起熱切的同情，而同情心，正是孩子需要的美德。

願中國女人們的悲劇，永不再來。

女大當嫁

我的母親一生中的大事業彷彿是在生女、育女、嫁女中完成的。我們夏家的祖墳，據說偏離旺子線六公分，這六公分本是區區小事，可後果卻十分糟糕，從此夏家兄弟姊妹便只生女孩，活活成了個女兒國。母親見鄰家有男，不免有些酸葡萄心情，但她老人家還算挺得住，可到我們夏家有女初長成，養在深閨人未識的年代，她便很有些驚慌失措起來。有一年，我們姊妹紛紛從大學放假回到家中，父親很自豪，提議去菜場買菜。父親極少去菜場，此行非它意，志在顯示他的寶貝女兒們，因為，晨起的菜場，熟面孔最多。

父親領頭，母親殿後，女兒們游弋於中，浩浩蕩蕩，向菜場進發。不料剛進菜場大門，就有鄰家劉媽媽劈頭一句：「嗐！婦女軍團好威風！女大當嫁，夏先生您趕緊東床擇婿莫遲疑呀！」一句話說得母親臉上愁雲密布，她趕緊拉著婦女軍團返家，一路上指責父親，說他白白教了四十多年書，總誇耀門下諸生多有才俊，怎不知道長個心眼，把那最才俊的男生拖來家中做個東床快婿？罵完父親又數落女兒，如今時代不同了，男女都一樣，人家鄰家男孩比妳們還小呢，早已有了女朋友上門，妳們也該主動出擊，把男朋友找上門來讓老媽放心。

待到女兒們有了著落，母親的雙鬢早已是朝如青絲暮成雪了。母親的人生哲理不多但很精闢，因為每一個哲理都是她人生中親身所歷，一見有人生女，母親便頗為感慨，說：「生女好！生女好！小時乖乖，大了親爹娘，祇有一點……」說到這，母親習慣性地皺起了眉頭，「女兒難嫁！女兒不好沒人要，女兒太好又沒人敢要，一句話，難！」

父親則認為女兒難嫁，古已有之，並不是我家獨有的專利。唐人劉景，貴為一方刺史，為女兒擇婿傷透了腦筋，不料有一次與一個叫杜廣的養馬人交談，發現杜廣很有才德，於是把女兒嫁給了他。劉景對太太說：「吾為女求夫二十年，不意廄中有麒麟！」母親聽了父親的舉例對養馬人並無興趣，祇對為女求夫二十年感嘆吁嗟，連連說，「古人亦如此，可憐天下父母心呵！」

我後來到了日本，發現日本的父母也在為嫁女兒操心勞神。有一次，我到一個公民館，給婦女們開一個中華文化講座，席間大都是上了年紀的母親，我剛開頭想講擬好的題目，就有一位五十上下的婦女脫口而出，「中國的女兒難嫁嗎？」原來她有一子一女，男孩大學畢業，進了一家大會社，於是求婚者接踵而至，很快為人夫，為人父，不讓老媽操半點心。相反，女兒大學畢業，在電視臺工作，至今未議婚嫁。我說：「嫁女莫望高，女兒願所宜。」

她說：「哪裡敢有高望，嫁合適就好！」跟我母親的腔調一模一樣。

也認識一位韓國姑娘，真是聰慧美麗，她考取日本文部省國費獎學金，在攻讀語言學博士。我問她努力上進的動力從何而來，她居然說出一段驚心動魄的話，至今令我記憶猶新，「動力嘛！來自我家窮，置不起昂貴的嫁妝，沒好男人要我！祇好索性一路讀下去！」原來，韓國姑娘要自備厚重的嫁妝，才有男子娶她。不好看的女兒不好嫁，笨笨的女兒不好嫁，唸多了書的女兒不好嫁，女兒難嫁，妳問韓國有女兒的人家，她一定會向你傾吐一大桶苦水。

印度亦如此，據說印度的男人很少娶他國的女人，異國婚姻他們一點兒不動心，因為娶印度的女孩，嫁妝一牛車喲！

臺灣的女兒不好嫁，新加坡的女兒乾脆寫了文章投到《聯合早報》去，題目我記下來了，叫做「男人哪去了？」作者的照片也亮相了，好一個清麗可愛的女兒呀！

從東方來到西方，見西方的世界好像也擠滿了女人。未婚媽媽，獨身女人、單親母親，報刊上，登載著太太怕丈夫跑掉的淒淒心聲。我的一位女友，參加了一個單身貴族俱樂部，後來悻悻的告訴我，好像有三分之二是女人。

可是，我的母親卻預言，下一個世紀，一定會風水倒轉，女兒易嫁，男兒難娶。於是，母親又替我那九歲的兒子操心上了。不過，我不擔心，相信未來科學發達，姻緣大事會由現在的月下老人手中移交機器人手中，月下老人雖是某方神聖，但畢竟還是人，是人就有疏忽，有打瞌睡，偷懶玩忽職守的時候。機器人則不然了，精密準確，勤勤懇懇，明察秋毫，於是，也無曠男怨女。想到這，我想唱歌樂頌，為下個世紀的母親和她的女兒們，可是，機器人無血無肉，他配置的姻緣不知合適否？世事難自料，還是騎驢看唱本，走著瞧吧！

勿嫁同行

我生在一個除父親外全是女人的家庭中，母親說，在我的上面，原來有一個哥哥，比我們這些嘰嘰喳喳的女孩子要聰明，聽話得多，他叫夏若炎，大概三歲時患病去世了。母親傷心極了，從此有八年時間沒能生育。後來生下我，母親替我起的名字中寓含著水的意義，因為我的哥哥的名字火氣太盛，夏本身就夠熱的了。家裡沒男孩，連親戚家也都是滿門女孩子，加上父母又是絕對的晚婚提倡者，我們從小就對男人很陌生。我是二十八歲結的婚，這在夏家還是最早的紀錄。父母對女兒們的終身大事基本放任不管，祇有一點，他們希望我們找一個不是同行的丈夫，更具體地說，如果你是學文的，那就找一個習理的，同行是冤家，婚姻上亦大抵如此。知己知彼，方能百戰不殆，本是敵我之間打仗時的妙方，但夫妻之間，也是一對全無血緣聯繫的歡喜冤家，知己知彼太深，彼此對對方瞭如指掌，比自己強了便不服，比自己弱了便滿心瞧不起，這樣的日子怎麼過？

我的叔伯妹妹夏小紈，是學核物理專業的，這大概是個很枯燥的專業，她在清華上學時，愛上了北京師大的校園詩人。詩人性嗜酒，校規嚴而不得痛飲，小紈就和他一同到前門的小酒館叫上一瓶二鍋頭酒，幾兩鹽水煮花生，一盤炒肝，詩人有酒便有詩，詩都獻給了小紈。那詩很糟糕，詩人自己都不好意思，小紈不懂詩，以為是李白、杜甫的水準，一心想嫁他。後來不知怎麼詩人娶了一位女詩人，女詩人看不起男詩人，她的評語是專家眼光，她要詩人莫要班門弄斧，從此衹聽她的詩就好。詩人痛苦萬分，方知小紈是知音，又轉彎抹角去找小紈。小紈正想心花怒放地去迎合他，被嬸嬸發覺，及時阻止，小紈這邊是舊情難捨，詩人那邊就情況嚴重得多，據說，人從此江郎才盡。一山不能藏二虎，太太詩名如日中天，先生卻江河日下，雖不服氣卻也無奈。

小紈後來去了德國慕尼黑留學，改學電腦，唸到博士，也早已過了少女豆蔻年華，但依然有些稚氣。日記本中還珍藏著校園詩人送她的詩，她天生崇拜英雄，崇拜的對象都是她以為神秘的人或事。她原來很崇拜作家，直到我也成了所謂的作家後她才放棄對作家的崇拜。因為我們從小一塊長大，她知道我的歷史，是夏家女兒國中屬於笨的一族。她三十二歲那年，大家開始關心她的婚事，她反感大家的窮追不捨，喋喋不休，一賭氣就嫁給了一個姓曹的瘦子。曹是她的清華同學，一個系，連畢業論文也是同一題目，也在德國留學，也轉了行，兩人的博士教授都是史克郎——那個紅鼻子胖老頭。嬸嬸高興極了，我母親卻不看好這門婚事……

母親的擔心還有些心虛，因為曹實在是個好青年，母親怕自己擔錯了心，小紈那邊就鼓聲播起，和夫婿有了不大卻也不小的爭執。

小紈和曹同時畢業，立即開始找工作，寫累死你（英文履歷書RESUME的譯音，家聲最恨寫RESUME，所以稱之為累死你）倒很省心，祇需把姓名、性別換換就可以了。誰知德國和整個歐洲經濟不景氣，工作很不好找，同行是冤家，有我的飯喫你就沒得喫了。夫妻倆搞一樣的事，履歷書送上去，人家不知底細，跟他倆扯上謊了，對小紈說：「你很不錯，但有一個姓曹的也有實力，我們想把他刷掉保你。」又對曹說：「有位夏小紈女士也很想要這份差事，可位置有限，我們為了你把她槍斃了！」夫妻回家一通氣，又好氣又好笑，氣過，笑過之後就有些彼此怨恨，同行是冤家嘛！

曹寫的論文，小紈不看。小紈的論文，曹也不肯屈尊眼睛。彼此在想，你那兩下子我早就懂了。曹一開口，小紈就知道他想說什麼，小紈剛開口，曹就替她把話說了。女人都認為嫁曹不錯，堂堂電腦博士嘛！小紈卻知道他有時考試還偷看她的呢！男人都在想娶小紈不壞，人很漂亮，又那麼聰明，曹卻了解內幕，知道小紈常常投機取巧，理論還行，動手能力一塌糊塗，都是他幫她做的活，不然她連最簡單的程序都編不出來，還電腦博士呢！可笑！太可笑了！夫妻倆後來又一同申請一家公司，小紈比曹口試好，因為女人都是舌巧如簧。曹被刷下，在家賦閒，天天怨聲載道，罵公司鬼迷心竅，要了小紈這麼一個笨蛋！還威脅說，要不是小紈是他老婆，他早就去公司揭發這人間不平了！後來公司招人，曹也進去了，夫妻同在一個組，公司有些擔心，怕他倆狼狽為奸，不好管理。後來就大放其心，因為他倆互相瞧不起。瞧不起就要壓倒對方，壓倒對方就要努力工作，正是鷸蚌相爭，漁人得利，把公司老板樂壞了。

小紈說，她其實挺愛曹的，可常常一糊塗就把他當同行痛打，在專業上她一點也不想讓著他。曹說，他事實上很疼太太，祇是一見她不懂或似懂非懂的樣子就氣憤，忘記了她是他太太，反替公司抱不平，勸公司減少她的薪水！

我對小紈說，那校園詩人的水平太差，我一唸他的歪詩就反對小紈嫁他。小紈睜大了眼，臉上飛紅地說，是嘛！我怎麼就覺得好呢？反正我沒本事寫出來！

家聲非常敬服我父母勿嫁同行的婚訓，認為是至理名言，我因此疑心他的學術水平，正因為我不懂他搞的那一套，所以讓他在家裡蒙混，正像我的拙作，他因不懂而保留幾分神秘，幾分景仰。這種非同行的錯覺使我們心中彼此為對方留下了吹牛的空間，婚姻藉著它才不至於彼此徹底看穿。

所以，我要去進修電腦，家聲第一個反對。他要去聽作家演講，試著投稿，我首先百般阻撓。不是打擊彼此好學上進之心，正是為了我們的婚姻順順溜溜呢！不然知己知彼，還不吵個沒完沒了呀！

好朋友不是好丈夫

杜先生和家聲在一個公司工作，他是資深工程師，杜先生還很年輕，據說他是一個才子，頭像上過雜誌的。他和太太唯嘉從來沒有戀過愛，他和她原來是同事，是好朋友。唯嘉個頭小小的，幹勁十足，周末常去公司加班，可老板不光不表揚她，反而警告說，「郭唯嘉小姐，公司出了事你要負責喲！」果然，公司有一次失竊，嫌疑犯中就有清潔工和郭唯嘉。案子至今未破，唯嘉也就至今有些嫌疑。公司漲薪水時，老板忘記還有唯嘉這麼個可憐兮兮的小女人了。唯嘉心懷不滿，逢人便訴苦，訴苦的人都不討人歡心，只有杜先生好心人，耳朵張著由她朝裡面灌苦水。唯嘉學著偷懶，一會上廁所，口袋裡揣著一本偵探小說，一直讀到破了案才出來。一會伏在桌上打瞌睡，然後把做過的夢詳細描繪給鄰桌的杜先生聽。遇著難弄的活，她就往別人身上推，別人都不傻，早躲開了，只有杜先生不跑開。老板批評唯嘉，大家都暗中高興，認為唯嘉是該挨批。杜先生很為難，他想老板有老板的苦衷，誰願花錢僱個唯嘉這樣的人！可唯嘉也可憐，她又不是生來的壞女人，活在嫌疑犯的陰影裡，怎麼快樂得起來嘛！杜先生人前背後都扶持唯嘉，唯嘉心知肚明，說，「你真夠朋友！」

該來的命運一定會來，秋天的一個午後，唯嘉就被老板喚去，通知說她被解僱了。唯嘉哭著整理自己的東西，見杜先生眼角也潮了，愣愣地在一旁看著她。世態炎涼，沒有人過來寒暄，唯嘉收拾好自己的東西，杜先生一把搶過來幫她提著，送她出去。唯嘉說，「羞死我了，氣死我了，真不想見人！」杜先生一聽忙折回試驗室，拿了一頂在無菌室工作用的帽子給她戴上，那帽子活像三K黨用的，只剩兩隻眼睛朝外望著，杜先生很高，身材像球星，唯嘉是小個子女人，杜先生就把她藏在身後，直到送她回到公寓才返回。老板瞪了他一眼，杜先生只好裝做沒看見。

失業後的唯嘉脾氣很壞，有事沒事就給杜先生打電話，要他幫她做這做那。杜先生一概應承，忙得前顛後跑，晚上又陪著唯嘉去看報，找尋工廣告，寄履歷書。一年後，唯嘉告訴杜先生，說她坐吃山空，口袋裡錢快沒有了，想換一個便宜的公寓。杜先生一聽比唯嘉還傷心，他知道唯嘉是個很會享受的女人，離不開健身房、游泳池，到那種便宜公寓她哪裡甘心！杜先生幫著唯嘉找公寓，搬進去第一天，唯嘉就哭了，說房間有蟲子咬她。她把一條玉色的胳膊端給杜先生看，杜先生不敢碰她，又不敢不看，一看果然有幾個小紅包，他直起腰來，慢吞吞地說，「唯嘉，妳嫌這不好，好的又太貴，如果不嫌棄，住到我那如何？我住妳這，我皮膚粗，蟲子想必不感興趣……。」唯嘉聽了忍不住彎腰笑，青春的身子笑得像春天風中的花兒一般美妙。她搬到了杜先生家，杜先生是有錢人家的少公子，自己又是高薪，房子很氣派，很舒適，唯嘉自然樂不思蜀，安心住了下來。只是苦了杜先生，第一天就被蟲子當了點心，咬得渾身癢得不由自主地抖，同事還以為他迷上了土風舞，正在練習抖肩。

唯嘉知道好傷心，不知如何是好，換他回來，她又沒勇氣餵蟲子，不換他回來，良心上又過不去，終於紅著臉說，「杜先生，你回來吧！我住你家，算我租你的房子好不好呀！」

杜先生十分不好意思地搬了回來，倒好像是他來擠了、麻煩了唯嘉似的。他在家輕手輕腳，低頭順眼，怕打擾了唯嘉。男女之大防也防得很好，天氣熱，開了冷氣仍熱，唯嘉穿了一條空蕩蕩的喇叭裙在房間上下飄來飄去，杜先生卻襯衣、西褲筆挺。有一次他只穿了一條內褲在電腦前給朋友寫信，被唯嘉撞見，杜先生慌得一把扯下床單包在身上，連聲說，「不好意思，不好意思啦！」唯嘉捂著嘴笑，說，「誰看你！」唯嘉住在杜先生那，愈發認定杜先生是一個好人，為朋友下火海，上刀山，兩肋插刀的好人。張三要自己開公司，他一下借了不少錢出去，聲明自己一不入股，二不要利息，只是幫朋友過難關而已。李四開林肯車，卻捨不得去車行換油，開到杜先生家來，說杜先生這車庫大，杜先生二話不說，捲起袖子就幫他換，李四便和唯嘉一同閑聊天。老黃兩口子要郊遊，嫌一對小兒女鬧得慌，於是全送到杜先生這來了，人還沒進門，甜言蜜語就說開了，「老杜呀！知道你孤身一人好寂寞，我們把大毛，小毛送來了，活玩具，解個悶！」杜先生扛一個，擁一個，笑眯了眼。那一天，家裡亂得像來了土匪，唯嘉立即出逃，一個人去看了兩場電影，心想，這杜先生真是個好人哪！

唯嘉的母親來美國探親，杜先生也把老太太接到杜家安置，老太太是來逼唯嘉快快找男友的。唯嘉煩不過，氣呼呼地說，「我工作都丟了，哪有心事嘛！」老太太說，「我就是為了嫁妳爸才辭去工作的，女人總要嫁人，早嫁早安定。妳拖老了還有誰要妳！」唯嘉看看鏡子，覺得母親的話不是危言聳聽。失業以來，她是憔悴了不少。她跌坐在沙發上，說，「媽，我的事您少管，妳看人家杜先生，還不是一個人過，也不見他媽催，人家那叫大度、自由、民主！」不料老太太一下子彈了起來，動作敏捷得連老太太自己也嚇了一跳，「我看這杜先生對妳有情有義，憑什麼讓我們白住？還不是對妳有心嘛！杜先生人長得蠻好，人也規規矩矩，對朋友多熱心！」唯嘉一下漲紅了臉，忙把門掩上，儘管她知道杜先生幫朋友家澆花、澆草去了，朋友一家回國探親，院子交給杜先生管，還有一隻貓、兩隻狗要喂。老太太並不管唯嘉的窘態，接著往下說，「你們是好朋友，好朋友做了夫妻還不是好上加好？他連對朋友都這麼好，還能虧了太太麼？」唯嘉低頭不語，她知道自己好奇曾忍不住偷偷在杜先生臥房裡找過他是否有女朋友的痕跡，知道他有一個叫陳依依的女朋友，但已經斷了。老太太的話弄得唯嘉心亂亂的，晚飯是老太太燒煮的，很可口，杜先生吃得很高興，唯嘉卻因有了心事，慢得像數飯粒。老太太一雙眼睛骨碌骨碌地往唯嘉和杜先生身上瞧，恨不得織一張網，把他倆網在一塊。

送走老太太的那天晚上，月色很好，唯嘉淚汪汪的，看著淡漠的冷月在雲層中鑽進鑽出，想起了母親額前的一縷白髮。寂寞中，杜先生推門進來了，這是他第一次進到她的臥房，他直走到她身旁，用手輕輕地梳理著她的蓬鬆細緻的長髮，然後他伏下身子，正遲疑間，唯嘉把雙手圍了過去，送上了她顫抖著的唇……

不出兩個月，他們宣佈結婚。大家都來賀喜，老板來得最早，他笑著對唯嘉說：「杜太太，別恨我呀！要不是我把妳解僱掉，妳上哪尋得杜博士這樣的好男人！」唯嘉心中一團仇恨的火早已燃盡，她給老板倒了一杯最貴的酒，心想，可不是要謝謝他麼？

新婚夜裡，唯嘉問杜先生，怎麼有那麼大的膽子推開她的臥室找她？杜先生說，「我哪敢呀！是妳家老太太找到我哭訴，說你愛我，又不敢說，怕我拒絕了難為情，又說你害了相思病，唯我能救妳，我怕極了，忙去找妳，病了我可擔當不起呀！……」

唯嘉一下洩了氣，把個美麗的背梁對著他，艾艾地說，「我媽亂說，也只有你傻，上了她的當！」

杜先生嘿嘿地笑著，溫柔地對著唯嘉的背梁，把毛聳聳的頭貼了上去。

唯嘉成了杜太太，指揮著汗流夾背的杜先生按她的意願佈置房間。還新買了一架三角鋼琴，呯呯噹噹地彈著。唯嘉又厲行財政管理，查杜先生的陳年舊帳，邊查邊氣得大叫，「杜選平，你怎麼笨成這樣子，人家借了你的錢辦公司，如今公司股票都上市了，發了大財，怎麼錢也不見還你？還有，劉造雄是你哪門子親戚，你怎麼把車那麼平價賣他，送給垃圾店也比給他划得來！還有……」唯嘉邊拍帳本邊跺腳，杜先生慌忙扶她坐下，說，「莫急，唯嘉你莫要急囉！他們都是我的朋友，對朋友，哪能斤斤計較呢！有人當時要租我的屋住，月租少說也上了七百，我不同意。我給你住，分文不取，圖個什麼？就圖你是我的朋友，是朋友就好說話！錢算個什麼東西嘛！」唯嘉又好氣又好笑，直著脖子叫道，「你怎麼可以這麼比，我把人都給了你，你這沒良心的……」說罷趁機哭了起來。杜先生愣著，說，「當朋友時我沒氣著妳，怎麼一做丈夫就讓妳生氣？看來好男好女還是做朋友好，連做情人都有了私心，唉！」唯嘉心中已有愧意，覺得不該這麼傷他，就走過去給他倒了一杯冰凍鮮梨汁，說，「又是跑出去幫誰家管閒事啦！大熱天的，也不知自己愛惜自己！」

唯嘉一聽電話鈴響，總是先跑去接著，只要一聽是找杜先生的，就多了個心眼，追問得十分詳細，無非是要他幫這個忙，那個忙。唯嘉心疼丈夫瞎忙，一律表示愛莫能助，要他們自力更生。杜先生知道了氣得指著唯嘉鼻子罵「好你個郭唯嘉！我的朋友都讓妳得罪光了，人家李強生丟了飯碗，一家老小好痛苦，托我幫他送個履歷到人事部，你也給擱下了！妳良心何在？」唯嘉也不示弱，說，「這個家你管了多少？對我你又關心了多少？我病了你扔下不管，倒幫王大力家去餵貓！貓比人貴呀！你還有理說我呢！咱家的日子沒法過，你再這麼幫別人管閒事，咱倆就分手，做個朋友你反而厚待我！」杜先生聽了慌得打抖，也許不是慌，是氣的。唯嘉一捲行李，跑到我家來了。我去開車接她時，那好心腸的杜先生一邊對太太的離去表示傷心和戀戀不捨，一邊彎腰看我的車的底盤，鄭重其事地說，「小舟呀！妳家車有些漏油，我幫你拆開檢查一下，送去車行少說也要花幾十塊，妳和唯嘉耐心等我一下，我拿了工具就來！」唯嘉哭笑不得，忙進房捧了個草莓冰淇淋和我一塊坐在車庫裡邊喫邊監工，只見那杜先生爬在車底下，一身灰撲撲的，油漬漬的，鑽出來時只有一雙眼睛白是白，黑是黑。我說「唯嘉，別走了！跟杜先生好好做夫妻，過日子，他可是個天下打著燈籠也找不到的好男人呀！」唯嘉瞅我一眼，大大的眼睛有淚光閃動，她拍了一下我的肩說，「妳又來了！妳不也常罵何先生管閒事？有些男人做朋友好，做丈夫就不行，這可是個真理！」

唯嘉沒有跟我走，好像我不是專程去接她，倒是去找杜先生修車的。日子都會過下去，但唯嘉的抱怨也會天長地久。好朋友不是好丈夫，唯嘉的理論不知確否？我寫下來，讓後人評說，後人比我們聰明，他們會有定論的。

春痕無覓處

唐琴歌小姐已經虛歲三十六了。三十六歲，卻還小姑獨處，周圍的人難免替她遺憾，替她著急。唐小姐自己卻淡淡的，這種事怎麼可以急得來，又不是到市場買菜，挑好了就放在手袋裡拿回來？父母親都在大陸。母親說，「琴歌呀！若是妳結了婚，有了孩子，我們也好申請去看外孫了，妳如今獨自一人，連簽證官也欺負我們，我們申請去看妳，那傢伙居然說，妳女兒年輕無拖累，她回國看妳們不就行了？還用老人家遠涉重洋呀！真真氣死我和你爸了！」唐小姐也很生氣，她是一個性格內向的女人，和美國異性處不來，原先了交一個美國人男友，他那一雙手無論人前背後都不閒著，什麼時候都在唐小姐背上、肩上、腰上放著似的，唐小姐覺得好累。心想人生說穿了也不過幾十年光陰，一晃就成了白髮人了，她不想在婚姻上委曲自己，只要在心裡感覺上有一點點不舒服，她就放棄了對方。可是，這世界並沒有十全十美的男女結合，湊合在一塊的夫妻多的是！唐小姐自己也知道，水至清則無魚，人至察則無徒，婚姻上亦如此。

父母催、朋友勸，歲月更不饒人，唐小姐頂不住了，又由人介紹認識了一位男士，叫舒約白，名字有些怪怪的，人倒再隨和不過。舒約白大概四十剛出頭，畢業於麻省理工學院，介紹的人說他腦子好用得像電腦，本來好些朋友要拉他出來自組公司，他卻安安心心地給別人打工，說是省心。一到休假，他就背個攝影器材滿世界逛，盡選些別人不去的地方去。因為迷攝影，連找太太的事也放在一邊了。介紹人早就跟唐小姐說起他，可他像閒雲野鶴，常常消失得無影無蹤，倆人老也沒有機會坐下來，唐小姐好像也不積極似的，所以介紹人牽線牽了快半年，倆人才在唐小姐的公寓裡第一次碰面。唐小姐倒是特意梳洗裝扮一番，她喜歡純白色，這大概是因為她是個護士吧，她穿著奶油白的高領羊毛衣，披著白麻線編成的外套，下身是一條白底藍格的薄呢西式裙，就連腳上也是一雙雪白的半跟羊皮鞋，使人想起了白衣天使的美譽。

舒約白風風火火地趕來了，連頭髮也是亂七八糟地在頭上自由放任著，上身是一件挺不錯的西裝，還繫了一條很不錯的領帶，下身就慘不忍睹了，一條洗得縮水太多的牛仔褲，舊皮鞋也灰頭灰臉地，他一見唐小姐，第一句話竟然是「喲！妳的髮型真好！」

唐小姐刷地一下臉紅了，一直紅到舒約白風風火火地離去。

聽到舒約白說喜歡她的髮式，唐小姐的臉騰地一下地紅了。唐小姐是河南開封人，有史學家，民俗學家研究過，說是開封一帶，元朝時就有猶太人定居於此，後來才和中原的漢民族通婚、融合、徹底漢化。但是，在面貌上，經過一代又一代，還是可以找出一些蛛絲馬跡，像唐小姐大概祖上就是猶太血統，她深目、高鼻、頭髮卷曲著。從小，人們就說她好像一個漂亮的洋娃娃。

唐小姐是一個護士，在一家華人醫生開的診所工作。初上班時，她披著一頭黑油油的卷髮，她的老板，也就是陳浩成醫生仔細端詳了她一下，說，「請把頭髮盤起來好了。」唐小姐不敢不遵命，晚上下班後，立即在鏡子前為自己設計了新的髮型，她先編成兩條長辮子，再把它盤在腦後，看起來，很像一個青春活潑的舞蹈演員。陳醫生看了說，「這髮型挺好！」當時，唐小姐也像舒約白誇她時一樣，立即飛紅了臉。

唐小姐和舒約白每週會見一次面，有時舒約白開著車到診所等她，他像普通病人一樣，坐在候診室裡，翻著畫報，眼睛卻仔細地看著唐小姐走進走出，忙忙碌碌的樣子。他注意到診所就她一個女護士，剩下的就是那位陳大夫了。聽說陳大夫來美國時已三十多歲，但人絕頂聰明，在哈佛醫學院唸了醫科，考下執照自己行醫，看來生意不錯，洋人華人都樂意找他。那陳大夫瘦瘦高高的，有一雙很溫和的眼睛，他和舒約白交談過幾次，談起波士頓中國城的大龍蝦，談起波士頓博物館中那一處明代紅木傢俱收藏館。他們交談時，唐小姐已換好衣服，靜靜地在一邊等著，舒約白說，「對不起，我們先走一步了！」陳大夫說，「走好哇！」

舒約白打開車門，讓唐小姐先進去，他關好車門，再轉過身走到駕駛的那一邊，一回頭，便嚇了一驚，他看見一張緊貼在玻璃窗上，幾乎被擠成一平面的臉，是陳大夫！舒約白心裡一沉，趕緊鑽進汽車，他從車前的反光鏡中一直看到那張臉，直到他的車融進街上的車流中……

一連好幾次，舒約白去接唐小姐時，都看見陳大夫彷彿還深藏著一副眼睛，在他和唐小姐身旁顧盼留連，舒約白心裡感到有些怪。有一天，他便裝做漫不經心地問唐小姐陳大夫對她好不好？唐小姐正在斯斯文文地用一根雪白的吸管吸吮著黃燦燦的橙汁，一聽他的話，差一點嗆住了，咳了好一會兒才慢慢地抬起頭，眼睛並不望著他，說：「還好呀！」舒約白立即接了一句，「他一定討厭妳找男朋友，討厭妳結婚！」「為什麼？」唐小姐的臉刷地一下慘白了，說：「我的私事他管不著的！」舒約白輕輕地拉過唐小姐的手，在上面拍了一下，「傻丫頭，妳有了男朋友，工作自然要分心，妳結了婚，保不住就要飛走，我才捨不得老婆在外面奔波呢！」唐小姐抽回了自己的手，說，「哪裡就想到那麼遠去！」說罷，唐小姐愣在那，舒約白側面望去，覺得唐小姐像一塑雕像，靜默的，美感的，至於其它，粗心的舒約白並沒想得太多。這些年，他先是勤奮求學，後是艱難創業，對於女人，他了解缺缺。倒是唐小姐又加了一句話，「約白，你千萬莫要多心，陳大夫有太太，他們夫妻感情挺好，生了四個小孩子。」舒約白說，「我多什麼心？」唐小姐再不吭聲了，又愣在那，像一尊雕像。

八個月後，舒約白和唐小姐已經議及婚嫁之事了。舒家人多主意多，唐小姐卻翻來覆去只有一句話。「我都可以的。」舒約白便自做主張，列了好多計劃，他有不少積蓄，唐小姐也有一些私房，舒約白提議到歐洲旅行結婚，要唐小姐向陳浩成請十天半月的假，唐小姐說，不好吧，不要讓他為難，診所很忙的，他一個人怎麼應付得了，最多我可以離開一週，多了對不起他。舒約白一聽就跳起來了，「你的心目中是診所重要還是婚事重要？一口一個他他他！」唐小姐不吭聲，過了一會，竟然抽泣起來。舒約白嚇了一跳，連忙走過去，伏在她肩上說，「不要吵了，何必為了一個外人傷害我倆的感情呢？」不料唐小姐卻一把推開了他，說，「約白，今天我索性都說了，你挺得住，這婚我們結，挺不住，倆人各走各的路！」

舒約白聽唐小姐說她有話要說，先是嚇了一跳，接著就自己搬了個椅子端端正正地坐下來，雙手搭在一塊，揚起臉看定唐小姐，說，「在下這番洗耳恭聽。」唐小姐不笑，她笑不出來，她不看舒約白，卻把視線投向前院的一叢開得正旺的萱草，說，「我剛來美國時，才二十五歲，我在大陸唸過醫科大學，住院醫生也做了一年多了。經人介紹，來到陳浩成的診所，當時他自己開業不久，還是單身。白天我們一塊工作，晚上他教我專業英文，我那時無親無故，無依無靠，陳浩成付我不錯的薪水，還把家中的一間房免費讓我住，我母親知道了，要我小心，因為一棟四千平方呎的大房子，就我和他，還有一位鐘點女佣，一週打掃幾次房子，做晚飯，基本上是我和他的世界。可我並沒有把母親的話往心上記著，因為我當時心裡已經愛上了陳浩成，而且我相信他也是愛我的。果然，不久陳浩成便和我有了超乎尋常的關係，我也像一個女主人似的，關切診所的業務，注意他的衣、食、住、行。陳浩成說他不想太早結婚，我也從未逼過他娶我，就這樣，我們相親相愛了一兩年。本來我在大陸有一個當醫生的男朋友，我來美國後，他還常給我寫信，後來他自己考上托福來美國唸書，曾特意從東海岸飛來美西找我，他是個自尊心很強的男人，一看我當時的情景就明白了一切，他立即離開了我，聽說他現在已有了家庭了。陳浩成並沒有要我和原先的男友斷關係，是我自覺自願的，我太愛他了，別的男人對我已毫無意義。可是，我不久就發現陳浩成一直和一個住在香港的女人有聯繫，陳浩成承認，她是他的未婚妻。他出國學醫，甚至開診所都是她家出資，她家很有錢，陳家卻比較貧寒，也就是說，陳浩成有今天的這一切，是她也付出了很多。我知道內情後，病得起不了床，陳浩成日夜看護我，弄得愈加感傷。我知道該來的命運一定會來，夏天的最後一朵玫瑰也開過了時，那個叫珮瑤的女人從香港來了，我搬出了陳宅，心都碎了。他和她婚後到歐洲旅行時，我深夜跑到陳宅把他們的新房撕的撕，砸的砸，我本來是個個性軟弱的女人，可那一刻我發了狂似地破壞一切，我覺得血流得好快，像足了一個瘋了的女人！」

窗外的暮色愈來愈濃，終於黑暗凝固在天與地之間，舒約白和唐小姐都沒有起身開燈的意思。唐小姐繼續說著：「他和她旅行歸來，發現新房一片狼藉，鄭佩瑤氣得直哭，當即要打九一一報警，陳浩成攔住了她，他知道是誰幹的，在這個世界上，只有我和他夫妻倆有陳宅的鑰匙。陳浩成找到我，我一見他就再也按抑不住，衝上去拚命用手推他，邊推邊哭。他制止了我，說，「琴歌，我們別無選擇，我不是負妳就是負她！負她的是金錢和道義，負妳的是感情和責任，我只好娶她，以償還我所欠下的。我也會繼續給你我的感情和負起我的責任，難道妳那麼在乎名份？在乎一個婚姻的空殼？」我無言以對，我是一個最無用的女人。於是，我心甘情願地留在診所，人前是他的護士，人背後是他的情婦，我恨自己，但我同樣別無選擇，因為我離不開他。他給予我更高的薪水，只希望我留在他身邊，我不指望他會有朝一日娶我，我已死了這條心，就準備這樣渡過一生。誰知道，這個社會太關注我了，我的獨身引來不少麻煩，我不要名份，可社會卻不放過我，我身上有一種無形的壓力，不是來自陳浩成或鄭佩瑤，而是來自父母、來自那些對我友善的人，我只好和一個美國男人交往。陳浩成雖然不明明白白地反對，可他也怕失去我，正如我怕失去他。我和美國人斷了，他如釋重負，他也憎恨自己，知道他毀了我做為一個女人應該得到的一切，妻子、孩子、社會的認定。但他又捨不得讓我走開，我呢？曾經滄海難為水，身心都交給他了，我倆就這樣一年又一年地拖著。我知道他比我也許還要矛盾，還要痛苦，他的犯罪感比我深得多，因為他來自一個基督徒的家庭，一生下來就歸依了主。大概是一年前，他太太尿血，症狀很像膀胱癌，他為此十分傷心，認為是長期心情的壓抑害了她。我想他太太知道我和他的事。有一次，我倆一同去醫院取她的活檢結果，我見他一路上沉悶不語，終於忍不住說了，浩成，如果她不行了，我會像她一樣照顧你和四個孩子，我就是孩子的媽，我萬萬沒想到，他回過頭來，定定地看著我，然後慢慢地揚起手，飛快地給了我一個重重的耳光！

舒約白站起身來，也不去拉開燈，摸索著給唐琴歌倒了一杯水，放在她手上。唐琴歌一口氣全喝了，又接著說，「他那一巴掌把我打醒了，我決心走自己的路，所以我開始試著脫離他，你就是在這樣的情況下被我接納的。可是，我答應留在他的診所，那怕我將來為人妻，為人母，今天我把一切都告訴了你，你自己做出選擇，如果你理解，或者說原諒我，我們便可以再一同走下去。如果你鄙視我，你可以現在就走，我都無所謂的。其實，這些年來我的婚事一直未有著落，謎底就是在這裡。」

舒約白終於拉亮了燈，燈光下，一切都真相大白了，他對唐小姐說，「你給了我太多太多的情節，我要一一回味，再把我的感覺告訴你。」他離去了，汽車開得太快，唐小姐猜該有八十的時速吧，已經深夜十一點了，不知還有沒有警察。

一週以後，唐小姐收到了舒約白的一封信，信是寄到診所來的。那是一個空閒的下午，沒有病人，陳大夫自己去取的信件，他擇出那封深藍色的信來，說：「唐小姐，給你的。」唐小姐接過信，看見了自己熟悉的筆跡，她看了陳大夫一眼，發現他正在注視自己，她一轉身走進了衛生間，看見幾行中文夾著英文的信，「琴歌，你告訴了你的一切，謝謝你的真誠，我想帶走你，如果你願意。人心很窄小，天地卻很闊大，我正在申請一份到西非去的工作，聽說那兒需要你這樣的人才，我們一同看荒原的日出日落，住在原始的小木屋裡……。」唐小姐走出衛生間，從衛生間到診室不過幾步之遙，她卻好像走了一億光年的遠路，她逕直走到陳大夫的桌前，他正坐在那，手中玩著一枝原子筆，「陳大夫，我想告訴你，我要走了，到西非去……」

陳浩成目送著唐小姐走出診所，今天沒有病人，又是週末，她可以早走一些的。

陳浩成的手伸向了自己的口袋，那裡面有一張被他體溫焐暖，又被他的手幾乎揉碎了的紙，那是一張醫院的通知書，他的太太，鄭佩瑤已是膀胱癌晚期，他曾經想出示給唐小姐看，他有好幾百次控制不住要把它掏出來，遞到唐小姐的面前，現在卻不必了，他徹底揉碎了它，心頭盛滿了千種情感，永遠說不清的情感……

女人的職業

男人的好職業我知道，加上一個總字就很神氣了，比如說，總統、總理，報社的總編輯、總工程師、公司的總裁。女人的職業就不太好說了。有人說，女人的天職是給人家做太太，給小孩子做媽，可是有的女人終身不嫁，也有的女人生不出小孩，自然也就沒有天職。我的表妹，結婚也有快五年了，卻怎麼也生不出孩子，她回大陸治，帶回兩大皮箱的中草藥回來牛飲，也去過日本，那時我還在日本，她住在我那，醫生是我熟知的好朋友山本太太。表妹只有兩週假，山本太太便手忙腳亂地治，記得給她拍了一張腹部照影，吃了一大包慘白的藥片，上了幾堂指導課，我做的翻譯。表妹很興奮，說看來山本太太要比美國醫生胸有成竹，可回到美國來依然是個窈窕淑女。姨媽說，也罷了，少吃些苦。還有一個表妹立志不嫁，大家勸了她好些年，現在不勸了，因為姨媽有言，也罷了，少受些罪。姨媽雖不是聖人，既然不是聖人，所言便有差誤，但她老人家向以見多識廣著稱，從她的理論推而論之，女人的出嫁、生兒育女都是吃苦受罪，那女人的天職看來只是一種天意，並不是什麼好職業。

我的母親生了一大堆女兒，自然十分關切女人的職業。小時候，她希望我做醫生，因為所有洋娃娃我都強迫她們吃藥、打針，甚至開膛破肚地給她們動了大手術。可我後來的職業是政府派定的，先是要我下鄉，農民們教我種水稻、棉花和養豬，接著又把我抽調回城裡，在一家冰店賣冰棒，當然也做冰棒。冰店所有職工都是女人，說明這是個很適應女人的職業。可我後來考上大學，冰店的位置由一個叫虎頭的男孩子接替，他把這份工作做得風生水起。先是他力氣大，一隻手便拎起一大箱冰棒。其次是他嗓門粗，我賣冰棒時，店裡社會治安不大好，總有人不好好排隊，光伸著脖子叫「冰棒妹，冰棒妹，給根冰棒涼大爺！」欺負冰店都是女人呢！可虎頭朝窗口一站，立即治安良好，所以後來冰店陸續招了一些男職工，女人靠邊站了。

女人進演藝界容易出名，這或許是女人的好職業？可家聲不同意，他說一是女人容易學壞，演藝界很複雜，女人要出污泥而不染很難。二是女演員一爆紅就思量著嫁人，說明這職業不能長久，我覺得有道理。我的一個妹妹，是學芭蕾舞的，她十四歲進舞蹈學院，十八歲畢業，只跳了六年就跳不動了，只好改行。男人的藝術生命就要比女人長些，所以，演藝界的職業對女人來說看來並不理想。

女人擅長的、喜愛的東西又往往成不了她的職業。比如說炒菜做飯，本是女人的事，你去誰家做客，那繫著圍裙在廚房裡揮汗如雨的大都是女主人，君子遠庖丁，男人很少願意在廚房裡多站一下。可以廚師為職業的，女人又沒有多大本錢了，所有名廚都是男人，這是放之四海而皆準的真理。日本的男人從來不進廚房，可人們到壽司店去吃壽司卻一定要吃男人用手捏的，女人捏的一盤散沙，沒有嚼頭。女人會剪裁，縫補漿洗天天做，可最好的裁剪師、服裝師又大都是男人。女人喜歡種花養草，而園藝師也都是男人的天下。都說女人巧嘴如簧，能說會道，但說相聲的名嘴我至今還沒見過一位女士。

女人天性有些吵吵嚷嚷，心眼又細，一有不幸之事，立即騰地跳起，火藥味很濃。街頭巷尾，常見女人披髮叉腰對著責罵，但所有一級戰犯都是男人，吵架的高潮是戰爭，而戰爭偏偏也是男人的事。職業軍人都是男人，他們不吵則已，一吵就動槍動炮，以爭鬥為職業，女人又不行了。

女人大都比男人迷信和敏感，我自己就是一個對命理、風水很有興趣的女人，能用六十四根火柴棒，一本周易把人唬得一驚一乍。在大陸的大學教書時，還差一點為此砸了飯碗，因為系裡不少教師、學生都悄悄找我看過手相，算過卦。系主任知道了很生氣，說，「夏小舟，妳再不痛改前非，我就要把妳下放！」下放，即貶到鄉下勞動改造也，我嚇得決心從此洗手不幹。可偏偏沒記性，一次在菜場碰見系主任，見他左手提一隻雞，右手抱一顆大白菜，慌慌張張，在人群中亂竄，我從他的臉上讀到他慌張的原因，就迎上去，關切地問，「你的錢包掉啦？」他把雞和白菜朝地一扔，一把握住我的手，倒好像我是系主任，「對，對，小舟，妳怎麼知道，妳見到我的錢包啦？用三塊紅格子布，五塊藍格子布拼成的，還繡了兩朵白玫瑰花……。」我聽了好想笑，趕忙說，「我沒見，我看您腦門發暗，鼻尖泛青，有失財之兆呢！」他剛想進一步討教，猛地想起我的老毛病又犯了，可不等他反應過來，我早已溜之大吉了。不過從此系主任對我便有了幾份寬容。在日本最艱難的歲月裡，我曾想過做一個占卦師，幫人算卦、看風水，預測未來，可我的親戚們都反對，認為女人做不好這行當，總之，要用它當職業，女人沒有多大優勢，哪個男人肯把未來交給妳來先知先覺，把心事向妳傾吐呢？

也許，女人應該去教書，這個職業並不壞。可我自己有過慘痛的經驗，和男人去競爭教職，十有九次被男人佔了上風去。終於，我進了女子大學教書，雖然沒有領到終身聘書，但也算有了一個挺不錯的工作。女子大學的學生都是女的，學校開舞會，就開著大巴士去旁邊的工學院抓男孩來陪舞。抓來的男孩子都有一頓烤魚、大醬湯、腌酸梅的午餐白送給他們吃。學校教師大都是女人，可管事的卻全是男人，上至校長，下至系主任，他們牢牢地控制住這一大堆女人。女教師鮮有做到教授的，理由是治學不精。幸好日文中口語和書面語是有分別的，不然寫學術論文時，要用囉哩囉嗦的女人專用語，那學問從何而精？女人教書，還有一大弊處，教書就要上講臺，講臺也是人生的舞臺，臺下的學生也就是你的觀眾，他（她）們對女教師往往比對男教師更苛刻，不僅學問，教授的方法，還有教授的風度、氣質、相貌、衣著。我自己前後教過也有不少年書，深知女人執教的心理負擔很重。在日本時，有一次有人向我的學生問起我，那學生雙手一拍說，「哇！我知道了！就是那個大眼睛、大嘴巴、走路像一陣風，剛在走廊東頭露過臉，一會就竄到西頭去的夏先生嗎？」我聽到後心頭一驚嚇得夠嗆！瞧，在學生眼中，我成了什麼樣了？

女人據說當作家很好，不用跟人直接打交道，一疊稿紙，一隻筆，加上一顆感悟的心就可以了。黃臉婆也可以在自己筆下，讀者的心中變成天仙般的人物，引起崇拜和嚮往。寫作也是公平競爭，男女都一樣，女人也許更受青睞，怪不得大陸、港臺，甚至全世界女作家都風頭頗健。但是，翻開文學史，古往今來，東方西方，成名的大作家還是男人多。我們有了一個張愛玲就已經很為女人寫作自豪了，可男性作家中，又豈只一個張愛玲似的作家？顯然要多得多。大陸有一個女評論家說，女人寫作，極易小器，賣弄，易落俗套，不夠深刻，學識膚淺。我當然不同意，但人家已經這樣說了，顯然有人同持此議。女人以寫作為職業，看來也是一條艱辛的漫漫長路。

我在《星島日報》「陽光地帶」寫專欄，有不少筆耕的芳鄰，知道不少作者都和我一樣是個女人，我沒有和她們見過面，但心裡對她們特別親切。家聲說，「陽光地帶」，女人能頂半邊天。可是，我告訴你一個本報內部消息，管我們的波士程先生卻是個男的，他是總編，跟總字沾親帶故的大都是男士，這是我總結出來的，所以我還沒跟程先生通電話時，我就知道他一定是男的了，幸好他不重男輕女，不然，「陽光地帶」怎麼會有這麼多女作家在寫呢？

丈夫、太太是自己的好

中國的文人有句既俗又雅的玩笑，「文章是自己的好，太太是別人的好。」這是男人的感嘆。女人有此感觸者亦不少。我有一位大學時代的女友，年紀也不年輕了，卻仍是小姑獨處。常聽她感嘆道，好男人都被別人搶光了，我嫁誰去？言之神傷。有了丈夫的女人也會覺得鄰家的男主人更會賺錢，更會體貼，更會交際。我和這些人大不一樣，不知是何緣故，我從來都是個文章是別人的好，先生是自己的好的女人。

我十四歲開始投稿，第一篇習作是我的同桌女伴，寫的是我的同班同學水瑛。她是窮苦農家的女兒，身上的衣褲補釘接補釘，一雙手凍得高高腫起，上面盡是切豬菜落下的刀口子。我說中國農民真可憐，從魯迅筆下的閏土到水瑛，苦難沒有窮盡。我長大了要有一番做為，大庇天下寒士盡歡顏云云。文章沒有登出，它的意境不適合文革中的革命文學，而且文字的表現也很平平，一位年長的編輯先生卻給我寫了一封長長的信，他誇我是個善良的好女孩，讀過杜甫、魯迅，因而又是一個有好學之心的聰明女孩。信是用毛筆寫的，我的父親把它珍藏至今。它鼓舞起一個平凡女孩的文學之心，至今，我仍對那位編輯有感恩之情。

後來開始學歷史，發表過不少史學論文，出版過史學著作，在報刊上寫史學評論，文學的夢遠去了。史學前輩說，小舟妳有史識，史才，惜文學意味太重，讀你的那本人物傳記，怎麼像是讀小說呢？我一下灰了心，認為以我的個性，治史不易，我是一個生性隨意的女人，心胸起伏如碧波萬頃，而這，正是治史的大忌。

於是，治史之餘開始寫作，從九四年至今，寫作三年，在臺灣出版了三文散文集，文章在報刊上發表，一葉小舟終於在文學的大海上啟航了。只是，深夜捫心自問，竟有些惶惶不安，覺得我的文章寫得很不好，對不起殷殷教導的父母，鼓勵支持我的編輯先生和熱情的讀者。一次，接到昔日中學老師來信，她鼓勵我，激讚我，我心頭一下子想起了李清照的名詞「天接雲濤連曉霧，星河欲轉千帆舞。仿佛夢魂歸帝所，聞天語，殷勤問我歸何處？我報路長嗟日暮，學詩謾有驚人句。九萬里風鵬正舉，風休住，蓬舟吹取三山去。」

連李清照都感嘆自己「學詩謾有驚人句。」何況我這樣愚笨的人呢？

所以，我認為文章是別人的好，自己的不好。

文章是自己寫的，但發表後卻成了社會意義的，讀者和編者對文章自有評價，他們的評價應該是公正的，平允的，自己說好又有什麼用？丈夫，太太就不同了，清官難斷家務事，就是身為總統，回到家也還是某位太太的先生，是屬於她的。別人的丈夫，太太再好，你也不能有一絲非份之想。想了就是犯罪，就是對自己丈夫，太太的不忠貞。況且，有位太太看起來是真的又漂亮，又溫柔，又聰明，又顧家，但若要她真真嫁了你，說不定就橘為枳變，變成又懶，又貪，又醜還兼壞脾氣的女人了。某位別人的先生亦如是，別看他服服貼貼怕老婆，換了你他就變兇了，他只服現在這位太太管呢！某某先生在人生的道路上搞得風生水起，有錢，有勢，但他的成功說不定靠的就是他的太太，沒有他太太，他就不可能有現在的成功。他太太嫁他時，他還吃了上頓沒下頓呢！某某先生風度好，可他全身從髮式到腳上的皮鞋，襪子都是他太太幫他挑的，沒有太太，他能赤膊上陣，粗俗得很。某某太太很賢惠，那是他先生調教的，殊不知某某太太從小就自私自利，孔融讓梨的故事雖聽了不知多少遍還是控制不住，見好事就上，吃什麼都選大個的。你娶了她，她故態復萌，能把她自己那一份吃了還不說，連你的也一把搶過去了。

所以，別人的先生，別人的太太沒有什麼好的。人是講感情的，人不是商品，對他或她說來好，對你來說不太合適。「弱水三千，我只取一瓢飲。」眾裡尋他千百度，尋到了他，他就是你的依靠，你的太陽。窮怕什麼？夫妻一條心，黃土變成金。醜怕什麼？蘿蔔白菜，各人種的各人愛。平凡又如何？君不見，古今將相在何方？荒冢一堆草沒了。脾氣可以改，壞習慣也可以改。倆人天各一方，不能朝夕相處也不怕，古人說，「兩情若是久長時，又豈在朝朝暮暮。」我和家聲拍拖時，我在日本，他在美國，中間隔了太平洋，可那時我們感情比現在還好。

所以，婚姻的結合是心的結合，是感性勝於理性的結合。不要比，婚姻不能比，茫茫人海只有他是你的，你是他的。想到文章是他人的好，先生，太太是自己的好，天下就清平無事了。而你，也就是一個心平氣和的幸福女人或男人。

那棵枇杷樹

我在武漢住過好幾年，不是工作，是唸書。武漢是由武昌、漢口、漢陽三鎮組成，漢口是商業區，殖民地時代的大銀行聳立在長江邊，店鋪鱗次節比，人流就在這店鋪間湧動著。漢陽是工業區，早在洋務運動時代，漢陽就有了第一批崛起的工業群。武昌是大學區，有不少全國著名的大學，人文匯萃，風景極美，每一所大學校園內都有青春的小山，如珞珈山，桂子山，喻家山。山上長滿了梧桐和枇杷樹。

枇杷是一種詩意的水果，黃燦燦的，一咬一包蜜似的，而且枇杷都成雙結對地長著。看著枇杷花開，花落，結出青色的小果，再一天天轉黃，那種由春而夏的季節替迭，給人一種淡淡的感慨。

我在大學唸碩士，學的是宋代史，住在一幢青磚樓房裡，樓梯是木製的，踩上去可以聽見足音在腳下寂寞地響著。小樓只有兩層，上層有一半住女生，另一半和一層都住男生。大家都是研究院的學生，所以一間房只住兩個人，還可以到教師食堂吃飯，每月一號，大學發給我們助學金，是本科生的兩倍。校徽是粉紅色的，表示地位比教師低，但比大學學生們又高一些。

女同學只有九位，男同學很多，這種陰陽不調，陰衰陽盛的形勢顯然對我們女生有利，何況那些男生都是一時才俊，青春年華，且大都是玉郎獨處。當時，每一個女生都或多或少地跟著一大幫追求者，殷殷勤勤地。那時我二十多歲，穿著母親為我和妹妹們縫製的衣服，甚至母親做的布鞋，背一個洗得發白的布書包，梳兩條長至腰際的辮子，有些土裡土氣。幸好還沒戴上眼鏡，因為眼睛據說是我全身最有魅力的地方，別的都不怎麼樣，可依然有男生悄悄給我遞字條，不同的筆跡暗示追求者還真不少。八十年代的校園，跟九十年代不一樣，女生膽小，男生膽大，現在據說倒過來了。不久前，我在美國碰見了昔日的一位女同窗，她依然未嫁，理由是目前很難見到當年那些有才學，有情義的好男人了。好不容易看中一位，原來早已是他人的先生。她和我正沉浸在當年被一大群男生捧著的榮光裡時，家聲冷不丁地問道，那怎麼妳們不早早定下一位，倒現在來後悔？我和昔日女同窗不禁異口同聲地說，「學校和導師不准我們談情說愛嘛！」

想起當年事，真是百感交集……

九個女生中，有一位女生是幸運兒。她姓彭，名蓬，說她好運，並不是指她得天獨厚，長得好漂亮，那年頭，漂不漂亮實在沒有現在這麼重要。而是指她的指導教授就是她父親，化學系的教授和系主任。雖然都知道她父親對她很嚴格，但總不會像我們似的，每三個月要被教授追著交小論文。另外她家就在校園中，她可以回家吃飯，她家菜天天像過年，引得我們口水流。什麼蓮藕燉排骨，紅燒扁魚，酸菜麻辣牛肉絲，她有時會請大家去她家吃一頓，有時會盛一大碗來讓我們吃。彭蓬每天做實驗，很少見她在宿舍。那時她就很時髦，穿著無袖的花裙，手臂很光滑，頭髮黑黑的，用一根淡藍色的絲帶束起來。

我們歷史系有一位男生，大家都叫他老秦，他是研究生聯誼會的主席。老秦是學先秦史的，他比我們大了十多歲，是文化革命前的大學生，在鄉下小學工作了好多年，才又考回來做研究生。老秦長得粗粗短短的，戴副深度眼鏡，看起人來一盯就是好半天，做人做事都很認真。他是男生和女生中唯一有家室的人，太太是鄉下的小學教員，有一對小兒女。有年放暑假，大家都離校回家了，老秦一家人便寬寬敞敞地利用著空閒的大樓，記得他太太小小巧巧的，臉很黑，老秦不知是有意還是無意向大家解釋過，說鄉下的小學教員在農忙時也要下田勞作，多白淨的人也經不住大太陽烤，不知是不是說的就是他的太太。

後來的寒暑假，不見老秦的家人來學校了。老秦一個人在宿舍的後面那棵枇杷樹下讀書，武漢夏天有火爐之稱，那時又沒有冷氣，全靠那棵茂密的枇杷樹用它那寬闊厚重的葉子帶來陰涼。老秦看來並不專心，因為只要一有人從枇杷樹前的小徑走過，他都會抬頭看看。那是一條少有人走的泥土小徑，幾乎快被野草侵蝕掉了，路的盡頭通往幾幢紅磚小樓，那是大學有名的鹿鳴園，住著大學最德高望重的幾位教授。他們大都是在海外取得學位和成就，在五十年代初響應周恩來總理的號召，返回大陸的高級知識份子。八十年代的校園，大學讀書風氣很重，當時，鹿鳴園的教授們都過得很快樂，而彭蓬家就住那兒，只有她常常會從那條小徑上經過。

所以，枇杷成熟的時候，彭蓬會第一個知道，忙通知大學後勤處的工人來採，採下的枇杷都交給老秦負責分成一小盒，一小盒的，分給大家吃。興高采烈的彭蓬蹦蹦跳跳地幫著老秦，她那笑盈盈的模樣使人覺得枇杷更甜了。據說，男生們送了她個綽號，叫枇杷小姐。

吃過第三年枇杷時，老秦的太太從鄉下趕來了，她莊嚴地板著臉，臉上連鼻子上也佈滿了密密的皺紋。研究生科的劉科長陪著她，臉色也很莊嚴，他們和老秦談了很多話，在一樓的研究生聯誼會的那間略有些暗色的房間裡，有時會傳出女人的哭訴聲，男人的申辯聲，和劉科長的斥責聲，接著劉科長就宣佈老秦的會長資格取消了，又接著老秦的提前修學分，提前畢業的申請被駁回來了，大家議論紛紛，才知道老秦要和他太太鬧離婚。

那時代，鬧離婚是個新鮮事，何況是一方要離，一方堅決不肯離，又何況一方是城裡的研究生，前途看好，一方是鄉下的窮教師，還拖著兩個抽鼻涕的孩子！老秦的導師氣得打抖，說他是個陳士美，良心黑透了。老秦的太太由學校安排了一間房，強迫老秦回房和太太歡聚，老秦不肯，帶著一床薄薄的被子在教室混一夜，被蚊子咬得一身是包。老秦的太太拖著孩子到我們女生宿舍來訴苦，九個女生都拿出自己的零食款待可憐的小孩子。老秦太太一把鼻涕一把眼淚地訴說，老秦大學畢業後，因為出身不好，被分配到湖北江陵縣一所僻遠的鄉下小學教書，在那認識了現在的太太。老秦患肝炎時，太太幫他代課，一週要上幾十節課。家裡養的雞下了蛋，她坐月子都捨不得吃，留給了老秦。老秦考研究生也是她鼓勵的，為了老秦的手頭寬裕一些，她在鄉下節衣縮食，種菜喂豬……女生們聽得都流了淚，但那時我們這些女孩子都很單純，祇覺得老秦壞，什麼可能有第三者插足，婚外情等等都沒想到，不光我們沒想到，連老秦的太太也沒想到，祇口口聲聲地說老秦是進了大城市，就瞧不起鄉下的太太了。我還特別指出，老秦大概嫌太太黑，大家又七手八腳地找護膚品、粉餅教她化妝。

　　校方的壓力，太太的哭訴，同窗的規勸似乎都沒有什麼用，老秦一張離婚申請，越過校方，直接送進了武昌法院。法院傳訊老秦的太太，太太一定萬念俱灰，當天晚上，她就吊死在那棵枇杷樹下了。我沒有敢去看，祇聽說面朝我們這幢宿舍樓。校方立即把老秦看管起來，連警察局也來了人，這件事當時轟動了武漢的大專院校，聽學校的老師說，那棵枇杷樹早先也吊死過人，死因不詳，但好像是個男人。於是又有人提出把那棵枇杷樹砍掉，校方不同意，說是迷信，再說，那是一棵多麼美麗的樹呀！

老秦被迫退學了，這處分似乎重了一點，但大家一想起他那可憐的太太，尚幼小的孩子，就覺得這處分不光不重，反而輕了。老秦走的那天，沒有人送，他自己雇了一輛車，神色憂傷地離開了校園。那一年夏天，枇杷樹上的枇杷結得密密實實，但沒有人採。彭蓬說她如今回家不從那棵枇杷樹下的小徑上走了，她繞道而行，遠了好多，於是她買了一輛腳踏車騎著，風鼓起她的藍色髮結，遠遠望去，像一雙蝴蝶。

學校下了一個通知，嚴禁在校大學生、研究生談情說愛。我想，我的晚婚，多多少少跟它有關。

許多年後，知道老秦在一家磁器店做經理，再婚的太太是紗廠的女工，太太無所出，對老秦死去的太太留下的孩子十分關懷。聽說老秦老多了，不光不研究歷史，連歷史這個詞也不入耳，真的，對於他來說，歷史有什麼值得回味的呢？

彭蓬畢業後留校任教，夫婿是數學系的教授，也是我們當年的研究生同學，她生了一個女孩，像母親一樣漂亮的女孩。

據說，老秦當年曾拼命追求彭蓬，但被彭蓬拒絕，因為在彭蓬的心中，老秦是有太太的人，她怎麼能和有太太的男人好呢？於是老秦便起了離婚之念，那時的老秦的心境，大概像水雲的詩「變調」中所描繪的，「是愛情嗎？還是……它的威力真驚人！想不通，猜不透，這真的是愛情嗎？它的力量到底有多大？彷彿面臨死亡，讓人不得不拋棄一切？」

也聽說，老秦死去的太太有一個患白內障的母親，做了手術後，已能看見東西了。但女兒的死訊使她一夜之間又失去了光明，老秦一直按月給她寄生活費，直到她去世。

我的書房中，還有一冊當年的研究生論文集，收有老秦論西周分封制的一篇論文，我父親說，那是一篇頗有地、功底深厚的論文，並預言作者將有美好的學術前景，的確，老秦如果不被退學，他不至於做一個磁器店的經理，他是懂得先秦文字的人哪！

還有那個在枇杷樹下痛苦自絕的女人，難道，除了老秦，這世界就空空如也啦？聽說，那棵枇杷樹依然婷婷如蓋，也算是閱盡人間滄桑了。

永遇樂

我父母工作的大學有一對教授夫妻，女的姓孟，男的也姓孟，要說巧也真巧，夫妻倆同年同月生，學的都是化探專業，原籍都是廣東梅縣。孟先生上課沒人聽得懂，有人急了，說把他太太找來！太太一路小跑趕來了，她倒是聽懂了，但她張嘴一解釋，大家又是嚷嚷聽不懂。文革中，孟先生和孟太太被造反的學生各自戴了一頂紙糊的高帽，罪狀是上課故意叫學生聽不懂。還有一條是資產階級生活方式，是夠資產階級的，他的家柚木地板要打蠟，桌布是挑花的，有一個胖保姆做飯。那胖保姆嘴很碎，每天見她大包小包地從菜場往家扛活雞、活鴨、活魚，她擰一把額頭上的汗珠，豎起一根小指頭，神秘兮兮地附在所有願意讓她附著的耳朵旁說，「瞎！一頓要八個菜，做少了，老婆老公就打仗，你罵我吃多了，我罵你吃多了，有什麼辦法呢？只有多做，累死我唄！」

孟先生，孟太太沒有小孩子，他們早做過五十大壽了，此生看來沒有指望，於是看見我母親整天揮著掃把，仁慈的時候是雞毛撣子，追在我們小孩子後面痛打，便說「啊，啊，莫要動武呀！有話好說，有話好說嘛！」可是，那麼些小孩子，保姆又是個食素的老太太，她一貫在我家實行清靜無為的黃老政治，母親再不厲害一點，我家真正無法無天了。

孟太太便向母親提議，分一個小孩子到她家去，可以叫孟姆媽，她不在意的。她挑中了我三妹，可我母親卻硬把我支過去了，大家心照不宣，因為小時候的我很笨，算術題從來都不會做，語文造句又常常把造句用的中心詞組忘掉，只有我家保姆不高興，她偏愛我，我從小吃素，十二歲之前一見魚肉就哭，所以她疼我，我是她一手帶大的。

孟家與我家是門對門，孟太太給我安了一個小床，隔壁是孟夫妻的臥室，然後是書房，書房中也像我家一樣，擺了不少礦物標本。我每天兩家串來串去，在我家的日子多一些，在孟家的日子少一些。

孟家的保姆摸著我的羊角小辮，瞪著圓溜溜的眼睛，沒好氣地說，「丫頭，吃飯不許搶菜，要學好，妳還是對門夏家的好姑娘，在我家學了壞習慣回去，長大了妳嫁不出去！」嫁不出去的危機離我實在很遙遠，完全用不著害怕和憂慮，只是不許搶菜是什麼意思呢？我咬著嘴唇，盼著開飯，好讓事實證明，我是一個不搶菜的好小孩兒……

終於開飯了，果然氣派不同，孟太太板著臉，嘴下圍了一塊用米漿漿過的方手巾，孟先生也有一塊，只是沒漿過，軟搭搭的不夠威風。保姆也給我圍了一塊，我家沒此規矩，但不敢反抗，任它把我索得透不過氣來。

保姆端上一大碗湯，我看了一下，是豬紅豆腐湯，立即失去了興趣，正在心中琢磨豆腐是不是可以吃一點，就聽見一陣稀裡嘩啦聲，一碗湯空了，家裡沒外人，顯然湯是被孟先生、孟姆媽喝了。接著又上來一大盆空心菜梗炒肉絲，我小心地選著菜梗，避開肉絲，可小心了沒多會兒，盆子又空了。後來我又見端來了一碗芋頭燜雞肉，我精神一振，我最愛吃芋頭，我忘記了保姆的吩咐，從高高的椅子上滑了下來，踮著腳尖，想搶菜吃，可畢竟年幼經驗不足，沒等我搶到第三塊，碗又露底了。待到豬肚絲炒絲瓜上來時，我操起湯匙，顧不得吃素的良好習慣，拼命朝碗裡盛，可沒盛一兩下，就聽清脆一聲，湯匙碰到細瓷碗底了。我有些難過，想念起我家的食桌來，媽媽親自分菜，保姆負責盛飯，兩人都很公平，保姆想偏心也做不到，誰要吃飯嘛！可孟家要眼明手快，要搶，我怎麼搶得過大人呀！我有些委曲，還沒等委曲的情緒從小小心間現露到臉上，就聽孟姆媽呼地一聲扔下筷子，氣呼呼地說，「孟道純你也太不像話了，就知道搶菜，你但凡也吃一兩口米飯嘛！你倒好，把菜當飯吃……。」我立即同情地把椅子朝姆媽身邊挪了一下，原來她也沒吃到菜呢！不料那孟先生也把筷子一扔，扔得比姆媽還響，說，「妳還比我少搶了啊，妳？我根本沒吃三分飽，妳看妳碗裡的飯少了一顆嗎？盡搶菜，還有臉說我呢！」兩人你一言，我一語的爭吵著，胖保姆在廚房那晃了出來，手在圍裙上搓著，說，「今天我還加了份量，小舟這丫頭大概胃口很不小，先生、夫人別生氣，我還有一盆蒜苗炒牛肉……。」我一聽趁機叫了起來，「我不吃！我不吃！我不吃肉和蔥、蒜、韭菜，吃了小鬼打我，那些菜我也沒搶，放我回家吃冬瓜！」孟姆媽慌了手腳，忙向廚房叫道，「洪嫂，煮冬瓜湯！」冬瓜沒有，端上來一碗菠菜，好歹我吃了幾筷子。我看見孟先生和孟姆媽都紅著臉，於是，當所有的菜都一掃而光時，只有那碗專門為我炒的菠菜幸存著。

除了搶菜，孟家比我家安靜得多，什麼事都有商有量，不像我家，爸爸慢，媽媽快，節奏老是不合拍。但他家一日三餐，飯桌上的矛盾從未斷過，孟先生說孟姆媽把他早已看好的一塊牛腩搶走了，姆媽又抱怨孟先生把她的餅乾偷吃了好多塊，幸好餅乾失竊是在我到她家做乾女兒之前。我回家把孟家的事學給媽媽聽，媽媽笑得直不起腰，那個時代物資不豐富，孟家的日子是頂頂資產階級的了，所以為了爭吃而吵架，好笑是好笑，但可以理解。

孟先生精精瘦瘦，孟姆媽卻白白胖胖，所以儘管我跟姆媽心更貼得緊一些，但他倆為爭吃而吵架時，我就有些拿不定主意，不知道應該站在誰一邊。總而言之，孟先生能吃、好吃、也會吃，姆媽一點也不亞於他。要做到這三點很不容易，好吃、會吃的人大都胃不好，吃多了受不住，他倆不會，姆媽一輩子身體健康，脾胃合作。孟先生所有跟吃有關的器官都絕對沒有問題，比如他的牙能吃炒蠶豆，愈硬愈受歡迎。

文革時，孟先生、孟姆媽都是反動學術權威，保姆被趕走了，孟姆媽一輩子沒怎麼進過廚房，加上那時肉、蛋都要憑票供應，他家的生活水準直接下降，老兩口依然為搶菜吵嘴，媽媽說他倆爭吃了一輩子，改不過來了。

孟姆媽膽子很小，但我下放農村時，她拉著我的手去找學校，那年我十六歲，姆媽已六十多了，她很胖，走得氣喘吁吁的，她對學校的領導說，「小舟不能去鄉下，她是夏先生答應給我做女兒的，六歲就在我家了，我就這一個孩子，不是說獨女不下放麼？」人家才不吃這一套呢！我到鄉下後，她和孟先生特意來鄉下看我，我有一個菜園，種了茄子、黃瓜、冬瓜、馬鈴薯，記得我煮了一大鍋新米飯（頭年收割的米），炒了好多菜，還去水庫買了一條大草魚，那是我半個月勞動的工錢，煮給兩老吃，那頓飯，菜剩了好多，姆媽說，「哎，人老了，年輕時總也吃不夠，老覺得菜都被他搶光了，現在倒好，頓頓有剩！」我聽了，好一陣傷心。

孟姆媽是腦中風去世的，那時我已在日本，沒能給老人送終。孟先生依然健在，天天打太極拳，一頓能吃半斤瘦肉，不過另一半不在了，吃飯時雖然沒人跟他搶菜了，但心中的孤寂一定很深。

這樣的夫妻，為吃而爭爭吵吵一輩子，但無礙大局，婚姻其實也很寬宏大量，只要大方向一致，別的都無所謂，正是從孟姆媽和孟先生那，我對婚姻有了信心，他倆天天為吃而吵，還不是不肯散伙麼？

我的姐妹們

我的一個妹夫很肯努力和鑽研，他有一些發明和專利，兩年前，他一邊仍在大學任教，一邊成立了私人公司，專門經營自己的專利產品。公司還有我家的幾位親戚，他們在新加坡的科技園租了一層樓，每天忙進忙出，弄得風生水起。

公司成員全是男性，女眷們都被排斥在外，先生們從此有了晚回家的理由，就是回家也不肯幫太太們刷碗抱小孩，說，「哎呀！公司的事就夠我操心啦！」先生們常利用假期聚在一起，或一同打高爾夫球，或一同去外面吃飯。公司業務發展，封家聲當了個駐美公司副總裁，總裁虛位以待賢明，怕的是家聲山高皇帝遠，鬧起獨立來就控制不住。家聲要把我拉進去，說，「小舟可以當個對外聯絡部部長嗎？」他知道我這個人最怕社交，一見生人就想躲，弄不好還雙腿哆嗦，顯然當不了對外聯絡部部長，但別人不知底細，說不定還真給我了呢！不料總裁助理，他是我的小妹夫的弟弟立即說，「不行，太太不能干政，夏家的女人都是眼高手低，一腦子漿糊，說好了公司的事不讓她們參與的！」我想發火又不敢，家聲也垂頭喪氣地說，「那好吧，不讓參加就不參加吧！只是苦了我，一個人唱獨角劇。」

一天，我的三妹妹打了一個越洋電話來，差點震破了我的耳膜，「告訴你，我們辦了一份報！我們自己的報！報名叫《號角》，四妹是總編，我是主筆，你是美國分社總編兼主筆，不讓男人參加，一周出六天報，對開版，每份兩角新幣，從國際形勢一直講到換尿布，所以讀者層次廣，雖然現在沒訂戶，但以後會有的！」我聽了大喫一驚，忙問，「經費從何來呀！」三妹說「姐妹們出呀！你免了，你窮。你負責義務工作，薪水以後再發，先記上，莫擔心。」她說罷呼地一下扔了電話。

嘖！她們居然辦了報！我興奮得想引吭高歌，家聲下班回來，聽我一番描述，慢吞吞的說，「沒聽她預測何時停刊呀！不要你稿子剛寄去，她們就散夥了，白白浪費精力！三個女人一臺戲，何況是五個女人。」

我也有些擔心，但嘴上卻說，「不會的啦！」

報紙出了幾星期就宣佈停刊了，原因不是沒經費，也不是內部不合，而是我的姐妹們性格各異，活生生地斷送了「號角報」。

她們每人執掌一個星期的報紙出版，大妹妹性子最急，週一她就把週三的報印好了，三妹妹性子最慢，她原來也快過的，可有一次喝皮蛋粥，正在火上煮得滾開，她舀起一碗就喝，結果食管被燙得起泡，留下粘連疤痕，現在還常有感覺，從此凡事慢三拍。女兒上學趕不上校車，只好大太陽下自己送去，煮一頓飯要幾小時。三妹妹執編時，周四了她還在編周一的報。湯表姐大學讀的是政治系，可一畢業就嫁了人，雖說加入了新加坡執政黨行動黨，但還沒見她行過動。只是一張巧嘴喜歡指點江山，如今有機會編報，天天伏案寫些激揚文字，態度鮮明，觀點正確，篇篇社論都火藥味足得要爆炸，女人們不看，男人們看了也嚷要吃牛黃清火丸，新加坡本來就熱，所以湯表姐的報沒賣出幾張。袁表妹嬌嬌滴滴，她編的報頭版頭條是社論：「少，快，好，巧用尿布」男人們一見就掉頭，男人哪個關心換尿布？小姐們一見就氣餒，馬上聯想到戀愛，婚姻的底牌說來說去不過是一張臭哄哄的尿布，她還想浪漫幾天呢，尿布問題以後再說吧！媽媽們倒有興趣，可是她們一天到晚和尿布打交道，買份報是想換個口味，一看又是尿布，逃也似地跑了。

姐妹辦報，熱情鑾高，可惜折騰沒多久就夭折了。先生們說，好了，好了，還是安心回家抱孩子吧！淒涼的尾聲中只有一點兒安慰的是，有一少婦找上門來，羞羞地說，我正看副刊上夏小舟的愛情小說連載呢，怎麼林志高剛寄出給鄭美玉的第三封情書就沒有下文啦？他到底打的什麼主意嘛！湯表姐說：「喲，知音來了，可惜琴弦卻斷了，我給你個地址，你直接去問夏小舟吧！」

女人做事，成功者從來就不多，何況我們家的女人，聽說姐妹們又在籌劃辦個兒童啟智中心，家聲說，「大家都歇會兒，先把你們自己的智啟發一下如何？」

柴米夫妻更是緣

我表姑有兩個女兒，都嫁了，也都算嫁得合理，「嫁得合理」這句話是我表姑自己的獨特心得。她們既沒高攀，也沒下嫁，男孩子是從小就在她們身邊晃悠的，你見過我拖著鼻涕一不小心就吸進口裡，又酸又鹹皺起眉頭偷偷享受的模樣，我見過你爬上老榆樹掏鳥蛋被老爸老媽揮著掃把追著打的狼狽像，都是平平凡凡的市井小民，嫁過去，娶過來，生小孩，過日子，人生就這麼也無風雨也無晴地過去了。

表姑、表姑父一生清貧，兩人都是小學教員，薪水不高，工作還特累。表姑父四十多歲得了鼻咽癌，靠放射療法和中藥維持至今。他們家的女孩子都挺漂亮，女孩子漂亮應該是本錢，可她們渾然不覺，目標都不高，只求一個合理就都做了他人婦。

大姐嫁了一個機關幹部，機關一共才五十多個職工，他大概地位在四十八、九那階層。小幹部每天騎一輛四成新的腳踏車，車前把手上掛著一個三成新的網帶，裡面是他中午的飯盒，一般是炒黃瓜和兩個饅頭，好一點時是粉皮瘦肉末。晚上他回家挺早，大概是地位不高，應酬他輪不上之故，網帶裡滿盛著綠油油的菠菜、紅嘟嘟的小蘿蔔、黃燦燦的油豆腐，腳踏車一支好，立即淘米做飯，飯做好了，大姐才晃悠著從外面回來。她是北京一家商場的售貨員，專管賣童裝，偏偏她又生不出小孩，她是慢性子，下班後不急著回家，滿商場逛，碰到熟人就聊天。可大姐夫從不口出怨言，大姐進門，飯都盛好了。吃過飯，大姐夫又把碗洗好，兩人邊看電視邊聊天，看電視上的紅男綠女，恩恩怨怨，武俠人物，古道熱腸，兩人感慨不已，但覺得還是自己的日子過得踏實。

他倆也常吵嘴，一吵就各回自己父母家，但離婚的念頭從來沒有。大姐說，「多麻煩呀！離婚這檔子事，要上法院，嚇也嚇死我了。」所以她不離婚。大姐夫的理論則是，離了還要再找一個不是?找太太又不是買菜，哪能那麼容易，說不定忙個賊死，還不如現在這個好呢。所以，他也不願離婚。如今大陸離婚成為挺時髦的事，他倆也沒有跟著時髦一下的勇氣和幹勁，他們知足，知足者就可長樂。有人說，大姐挺漂亮的，說不定能嫁個更有錢的，也有一官半職的人物。大姐說，「那敢情好，可人家有錢，有官職，把我扔了不更慘了？」也有人說，大姐不能生育，大姐夫可以再娶一個黃花少女生個胖小子，大姐夫說，「那可說不準，萬一新太太也生不出，不是瞎忙一場嗎？」

所以，他們不離婚，你惜我，我惜你，感情很好。

二姐膽子生來就很小，說話細聲細氣，不仔細聽，還以為自己耳朵聾呢！二姐有先天性心臟病，心跳一拍就要休息半拍，所以她沒下鄉，也沒能上大學，連考一下的資格也沒有。她在一家挺大的出版公司做會計。二姐有林黛玉之風，正所謂「嬌襲一身之病，淚光點點，嬌喘微微，閒靜時如姣花照水，行動處似弱柳扶風。」因為父母都是小知識份子，她又在文化部門工作，二姐文雅勝過大姐，她見過很多大作家，知道一些內幕新聞。比如，某女作家筆下總說自己缺心眼，結婚已四次還像清純少女一般。又說自己最不愛錢，見錢躲著走，但實際上刁滑古怪，你少算一個字的稿費她就要把你告到江澤民那去，還好江澤民不管這等雞毛小事。又比如某男作家愛啃雞骨頭，每次向他約稿都要準備一大盤焦鹽雞骨頭侍候他。二姐對文化界人士既羨又有一些客觀分析，顯得很有學問。

有一個作家在出版社的招待所寫稿子，寫了三年還沒交稿，但住久了，和出版社上上下下都很熟，成了趕不走的駐社作家。他對二姐一見鍾情，天天追著二姐求婚。那作家名氣不小，大陸的作家有了一些名氣國家就養起來了，每月寫不寫都有薪水領，寫了更好，那是意外之財。大家都覺得二姐有福了，可沒想到二姐偏不嫁他，說是高攀不上，怎麼高攀不上了？女人的色就是本錢嘛，可二姐說，「以色付他人，能得幾日好？」二姐後來嫁了一個開公共巴士的司機，是和她從小就一個院子淘過氣的鄰居男孩。

司機高中畢業，也沒上過大學，身體挺強壯，家裡粗活他都包了。他和她婚後沒房住，市井小民的悲哀很多，兩人單位都沒房子分配給他們，自己買又沒有那麼多錢，婚後還是和二姐父母擠著住。可他倆很孝順，二姐夫揹著表姑父上下三樓，到醫院看病。二姐身體不好，二姐夫連臉色都不給她看一下，和和氣氣的待她，生了小孩買不起昂貴的紙尿布，都是二姐夫一人包了洗，北京冬天冷，手凍裂開了口子，腫得像饅頭似的，問他苦不苦，他嘿嘿一笑說，「苦什麼！幫自己老婆幹活還敢抱怨呀！」

二姐生小孩後，身材胖得跟水桶似的，臉也失去了昔日的秀氣，完全換了個人，可她一點用不著操心丈夫會因此嫌棄她，二姐夫說「她小時候更醜，頭上長了黃水瘡，她媽硬按著她剃了個光頭，還是個缺牙棒，後來出落得那麼漂亮我都不敢認她，現在又返老歸童了！」樂得二姐揚手就打他。

如果嫁了那作家，二姐恐怕現在正為減肥苦惱呢！說不定，肥還來不及減，一紙離婚書就遞過來了。人家本來要的是漂亮，如今漂亮已失，不離婚也心懷不滿呀！

二姐嫁得好！親戚們都說，表姑笑咪了眼說，「好什麼，合理而已！」

再婚悲喜錄

人生不可能一帆風順，所謂「人生不滿百，常懷千歲憂。」婚姻路上亦如此。情盡緣絕，只有離仳。有情有義，但彼此覺得不合適，把柜架打破，重新組合也是一件無可非議的事。對別人婚姻中的苦痛不予同情和關心，甚至對離婚、再婚者予以鄙視和不屑，那才是人性的失落和悲哀。

舊時，女人再婚，是件難堪的事。宋代著名女詞人李清照原有一個美滿的婚姻，她與夫君趙明誠情投意合，那時的李清照筆下多是歡情，相思之作，至今讀來，仍使人感受到愛情美麗和和諧。她給我們描繪出一幅幅歡樂的人生小景，「常記溪亭日暮，沉醉不知歸路。興盡晚回舟，誤入藕花深處。爭渡、爭渡、驚起一灘鷗鷺。」還有那深沉婉轉的相思心情，「花自飄零水自流。一種相思，兩處閑愁。此情無計可消除，才下眉頭，卻上心頭。」其中的意境，勝過古今中外多少愛情名作。後來，趙明誠病死客途，李清照的小世界便崩塌了。又值國家遭遇金人南侵的大混亂，她一個女人受盡了顛沛流離，孤苦伶仃的日子，真是，「如今憔悴，風鬟霧髮，怕見夜間出去，不如向簾兒底下，聽人笑語。」她一定是熬不過這愁苦日子，再嫁了。可再嫁的後果卻十分糟糕，夫妻不和，甚至告上官司，時人及後人都以為她晚節不保，不應再嫁，以至遇人不淑。可是，這怎麼能怪她？世事難預料，「物是人非事事休，欲語淚先流。」她左右不了自己的命運。就是比她晚了數千年的張愛玲再嫁的結果顯然也不美妙，其實當時的張愛玲孤身寄居異國，無依無靠的人生景況與李清照同然，她的再嫁能好到哪裡去呢？再嫁是冒險，是帶著人生的蒼涼的愛，逝去的美或不美的回憶終究會化做時日之舟，載不動，許多愁。

男人比女人幸運一些，男人再娶好像從來就是一件堂而皇之的事。大陸有個正流行的社會笑話，說男人有三樂，一是升官、二是發財、三是中年喪妻。升官、發財都好理解，可中年喪妻本是人生不幸，何以成為男人三樂之一？原來是人到中年，男人事業有成，意氣風發，女人卻青春不再，男人要拋棄妻子另娶，難免要受人指責，最好是那中年糟糠之妻自己求去，或者一命嗚呼。那個男人便可三樂全有，升官、發財、迎娶新佳人了……

女人的再婚當然不如男人瀟灑，她的前夫若是好人，是疼她、愛她的好丈夫，她便會放不下，心心念念憶著他。女人大都捨不下孩子，她再嫁時，會千牽萬掛地帶著孩子一塊嫁。也有為了再嫁拋下孩子的，美國不是還有一個狠毒的母親為了再嫁親手把兩個幼小的孩子推到湖中淹死的事例嗎？日本婦女也常常為了再嫁把孩子拋下不管的，可咱們中國女人母性強，心地善良的多。我自己離婚時，就堅決要帶著孩子，他是我的心頭肉，怎麼割捨得下？那時也有不少關心我的朋友勸我把孩子扔給對方，她們想我還年輕，將來再嫁時孩子是個拖累，有些男人不願娶有拖累的女人。我說，我永遠不會拋下孩子，為了孩子，我可以千辛萬苦地活下去，如果有人娶我而討厭孩子，那這個人根本就不值得嫁！幸好家聲心地善良，他以包容的愛心愛著我們母子，盡他最大的努力去給我和孩子溫暖，平復我們曾淌血的心。

我的一位女友，離異後一個人很孤單，她是一個善良、脾氣很好的女人，與我的妹妹是多年的好朋友。她有個小孩，在新加坡一家社區圖書館工作。經人介紹，認識了一位從澳洲到新加坡工作的男人，也是中國人，那男人曾離過婚，原因是他嫌太太脾氣不好，文化低，一直在澳洲做車衣女工。他希望找一個有文化、性格溫柔的女人。我妹妹一聽，覺得可以給自己的女友介紹，兩人交往大概有一年時間便結婚了。婚後才發現矛盾很多，男友是個心胸狹隘的人，脾氣暴躁，缺乏修養，雖然有很高的學歷，但根本不曉人情世故。他要女方絕對服從他，動不動就說，「憑我一張美國的博士學歷證書，一張澳洲護照，一份年薪幾萬新幣的職業，我在新加坡、大馬（馬來西亞）、臺灣、大陸這些地方，要找什麼樣的女人找不到？」尾巴翹到天上去了，真不知他的前妻原來過的是什麼日子！他總攬家中經濟大權，連零花錢也不給太太用。對太太帶來的孩子一點也不關心，視同路人，甚至動不動就打罵小孩。那太太找我妹妹暗中哭訴，認為不嫁要好得多，一個人有工作，將來咬咬牙拉扯大孩子，也會有好日子過，找個這種不懂事的男人反而害苦了自己和孩子。

再婚的男人和女人，各有一段自己的歷史和難忘的生活經歷中的悲喜哀樂，在婚姻上，要比那些初婚者面臨的問題複雜得多。有的人永遠走不出前次婚姻的範疇，或者覺得自己的前妻或前夫更好，動不動就比較一番。或者因為受過對方曾有外遇的刺激，從而對再婚的他或她也充滿不信任感，整天疑神疑鬼，醋海推波。也有經濟上的問題，初婚者兩人都大多處於萬事開頭的階段，期待著將來夫妻同心協力，共創美好的未來的憧憬中，再婚者就不一樣了，兩人各有各的經濟狀況，一下合在一塊都彼此感覺不適應，特別是各有子女者，更是很難擺平。結果，經濟上的不合作、不信任又反過來造成夫妻間感情的不合。

再婚者也面臨著嚴厲的社會輿論的考驗，人們對再婚者所組成的兩性關係和家庭更苛求。後娘、繼父的社會角色很難扮演，從而使再婚家庭更加脆弱。

然而，事實上，再婚也是一件能給人帶來無限歡喜的人生幸事。初婚時，男女雙方都太年輕，不知道婚姻道路上充滿坎坷，不知道體貼對方，關懷忍讓。不知道外遇是一件最不可原諒的事，它是婚姻的大敵。見異思遷，不懂「弱水三千，我只取一瓢飲耳」的忠貞，知足和快樂，甚至不懂自己是怎樣一個男人或女人，能和自己成雙結對的又是怎樣一種男人或女人。再婚的人，大都對這些有了一定了解和思想上的準備，他或她成熟到能夠把握自己，也了解對方的程度。因之，比較輕易地便進入婚姻狀況，去維護得來不易的夫妻情，親子關係。

再婚是給了你又一次人生的機會，是萬物之神的厚愛，要深深感謝和珍惜。「眾裡尋她千百度」如今尋到了她，或他，那種歡悅的心情真如一股甘露，流進原已乾涸的心田，它彷彿給了妳又一次生命，的確，是一次再生！

再婚，也是一種命運，勇敢地接受它，再創新生！

奇婚記

這是一篇大陸「文藝生活」上署名任艷春、何家亨、楊強三位作者寫下的報導，我相信它是一篇真實的故事，是採訪記。有些故事比杜撰的文學作品更神奇，更動人，生活是創作之母。

說是有一位名叫劉青松的男人，家住四川鄰水縣雙柏鎮劉家村，這是一個貧困的鄉村，青松是富農的兒子。這在大陸左傾的年代，是一個巨大的傷痛。出身不好的青松卻長得一表人材，聰明勤勞，但是沒有女人願意嫁他，或者說敢嫁他。婚姻是社會行為，並不是單純的男歡女愛。我家就出身不好，所以我們小的時候，母親相信這使男人卻步不前，幸好後來政治清明了不少，婚嫁之時先問出身已不再流行，我們才不至於失婚。劉青松的同村姑娘莫家英愛上了劉青松，但莫家是貧農，劉家是富農，階級不同，怎能成婚，所以莫家英只好把心事深藏心中。

一九七三年，四川遭災，劉家村人都餓得紛紛出外討飯，而外鄉人也有到劉家村討飯的。

有一天，一位名叫譚桂瓊的十五歲少女手拿一根打狗棍，捧著一個破碗來劉家村討飯，正好劉青松給一家快要餓得不行的老婆婆送去一個大南瓜，老婆婆不肯收，青松說，收下吧，我家還有十三個南瓜呢！饑餓撕咬著的譚桂瓊立即可憐兮兮地跟在青松後面，想問他討一點東西喫，還沒進屋，人就餓昏了。劉家人忙把她扶進房中，醒過來的譚桂瓊一眼便看見了牆角那一堆南瓜，她不肯走了，留下來做了富農家的乾女兒，幾年後，她嫁給了富農的兒子。

劉家在政治歧視下的日子不好過，但一家人都勤勞肯幹，和和睦睦的。譚桂瓊又因劉家對自己還有救命之恩，嫁後孝順公婆，敬愛丈夫，是一個鄉下的好女人。

可惜，譚桂瓊不久突然瘋了，不識人，整天在田野上狂奔。劉青松放下田裡農活，賣豬賣家當，帶著瘋了的妻子到城裡治病。大陸農民最怕病，他們沒有醫療保險，城裡人看病不要錢，鄉下人卻一分錢國家也不給出，城鄉差別至今未消除。青松為妻子治病十分盡心，他先送她到南充市治，又再送到省城成都治。青松自己陪伴妻子治病時，捨不得花一分錢用在自己身上，他從家裡背了三十斤米，摻合著菜葉，在成都吃了好幾個月。也沒捨得掏錢乘公車看市景，每天每時都陪伴著病人……

譚桂瓊的病情慢慢穩定了，劉青松帶她回到家鄉，醫生說病人隨時可能復發舊病，要好好調養。不料，回家後不久，劉父突然去世，劉母悲痛欲絕，病倒在床，受到刺激的譚桂瓊又瘋了。劉青松要照顧兩個病人，要料理父親後事，要管田中農事，人瘦得脫了形，而且欠下一身債，把家裡能變賣的東西都賣了，幾乎面臨人生絕境。他為了維持這個苦難的家，開始賣血，最後血色素只剩下七克！而劉母又病情加重，下肢半身癱瘓，譚桂瓊也依然瘋著。

莫家英的父母請會木匠的劉青松去她家幫做櫃子，鄉下人手中缺錢，櫃子做好後，莫家付不出工錢，便以換工的形式，要女兒來劉家幫忙照顧病人。莫家英常來劉家，她在鄉下已算老姑娘了，依然沒有出嫁。有一次，她向劉青松訴說了自己少女時代就愛著他，只因劉家是富農而不敢講出來。當時已是一九八一年，鄧小平主持下鄉村開始改革，把田地包給農民，而且取消了對地主、富農的歧視，這在鄉下是一件十分慈善的壯舉，不知多少人被出身不好逼得家破人亡！在鄉人的熱心撮合下，劉青松和莫家英結婚，和譚桂瓊離婚了。

這裡面有些事顯然是不合常識的，我在閱讀這篇報導時有一點疑問，記得在婚姻法中規定一方神經有問題時另一方不能提出離婚。此法歷史由來已久。夏綠蒂名著《簡愛》(*Jane Eyre*)中也有這種情節，男主人公羅切斯特先生的太太患有瘋病時，也不能與之離異。但劉青松卻和瘋妻子離異了，不過令人感動的是譚桂瓊還是被留下來。莫家英則全部擔當起照顧劉母和丈夫瘋前妻的責任，連帶家裡的農活都由她一個人操勞。她幫譚桂瓊洗臉、梳頭，啟發她、開導她。她還再次送譚桂瓊到成都治病，她在院中陪她，照顧她，情同姐妹。治了五個多月，譚桂瓊恢復了間斷六年的正常人思維。譚桂瓊一回家，就和病癱的婆婆抱頭痛哭，她原來不認識所有的親人，包括自己的婆婆。

莫家英見譚桂瓊病好了，覺得自己也許應該退出劉家，但譚桂瓊不肯復婚，她只求留在劉家，幫助婆婆和莫家英照料這個家，於是劉家便出現了一個男人和兩個女人的尷尬局面……。

莫家英決心離開劉家，讓劉青松和譚桂瓊復婚，這個有情有義的女人隻身到縣城，進了一家竹器加工廠工作。她把節省下來的錢都交給劉母和譚桂瓊，她生的男孩也放在劉家由譚桂瓊照看（譚不能生育）。她不肯和劉青松再在一起，她和劉青松都在城裡工作，但她不願和他見面。只要劉青松回家探親，她就不回去，製造機會讓他和譚和好。

天有不測風雲，可憐的莫家英在一次工傷事故中被機器切去了雙手，她成了一個沒有手的女人。血流如注，昏迷過去。劉青松和譚桂瓊立即趕來，譚桂瓊為莫家英輸了大量血，並精心照料她，莫家英出院後，她把莫接回家中，無微不至的照顧她，洗澡、梳頭，甚至上廁所都是譚桂瓊幫助她，譚桂瓊成莫家英的一雙手，安慰著她痛苦的傷殘人生。

莫家英堅持要譚桂瓊和劉青松復婚，終於，莫家英和劉青松辦了離婚手續。但是，譚桂瓊見莫家英是殘廢，不同意她離開劉家，堅持要她留下來。於是，離婚後的莫家英依然住在劉家，莫、譚情同姐妹，一家人非常和諧。

正如報導者所說，這是一個苦難而深情的關於人性與愛的故事。我讀後，深深地感動著，在我們那片美麗而多難的故土家園，人與人，男人與女人，女人與女人的關係很多具有偉大的、博愛的精神。它戰勝了人性中的私慾、排它、醜陋而呈現出美好的人性之光輝。他和她們都是普普通通的鄉下人，可他們互相扶持，在不幸的人生道路上不光不彼此加害而是給予深情的關愛，讀過之後，我的心靈也一派潔淨。

男人和女人的關係中，有很多醜陋之處。但是，美好總是會戰勝醜陋的。我們都是凡人，但我們也都是向善的人，愛情是自私的，排它的，能夠超越男女情愛中的自私、排它，用人性大愛去擴展狹隘之愛，這也許就是三個鄉下的男人和女人給我們的啟示。儘管他們貧窮，沒有受過好的教育，命運坎坷，可他們創造的人生故事，卻意味深長，有著真、善、美的動人魅力。

焦大不愛林妹妹

愛情與婚姻說來說去還是一個男人和一個女人的私事。談戀愛時最愛去眾目不及之處，然後壓低聲音絮絮叨叨地談。結了婚的夫妻，也還是願意關起門來過日子，所以有人說愛情與婚姻是兩個人的世界，在人的生涯中，是最少與社會大氛圍有關聯的。因此，社會政治、經濟對婚姻的影響微乎其微。

魯迅先生就不這麼看，他讀《紅樓夢》，別人看見的是淫，或是反清復明的革命志氣，他看見的是焦大不會去愛林妹妹！潛臺詞是愛具有階級等級身份差異，林妹妹雖是千般嬌美，萬般聰慧，焦大也不會愛她。

林妹妹是賈府老祖宗賈母的嫡親外孫女兒，雖是寄人籬下，但仍是主子。焦大則不然了，他雖說是個對賈府有大功大德的人，「從小兒跟著太爺們出過三四次兵，從死人堆裡把太爺背了出來，得了命，自己挨著餓，卻偷了東西來給主子吃；兩日沒得水，得了半碗水給主子喝，他自己喝馬溺。不過仗著這些功勞情份，有祖宗時都另眼相待，如今誰肯難為他去。」

但畢竟還是個奴才。焦大喝醉了酒揭了賈珍之流「每日家偷雞戲狗，爬灰的爬灰，養小叔子的養小叔子」的短，大家就顧不得他的光榮歷史，「把他捆起來，用土和馬糞滿滿的填了他一嘴。」

焦大無緣見林妹妹，就是有緣相見，誠如魯迅先生所言，他也不會去愛她。更具體地說，是焦大有自知之明，知道主僕有別，愛也是白愛。貧寒子弟賈瑞愛上了漂亮潑辣的鳳姐，平兒知道這是「癩蛤蟆想吃天鵝肉」，等級不同，鳳姐可以與貴公子賈蓉調情，卻不會理睬又窮又賤的賈瑞，果然，鳳姐毒設相思局，賈瑞命輕赴黃泉了。不只於此，就是那「心比天高」的晴雯，儘管深愛寶玉，也因著「身為下賤」的奴才身份，致使寶玉對她終究不過是「多情公子空牽念」罷了。

愛情與婚姻受等級的控制自古皆然，中外皆然。魏晉南北朝時，士族與庶族之間，「實自天隔」。士族把婚姻關係嚴格限制在士族內部，如果婚姻中不講等級、門閥，便被士族斥為「婚姻失類」，受到排斥和指責。齊代王源把女兒嫁給富陽滿璋的兒子，御史中丞沈約就上章彈奏他，原因是，「璋之姓族，士庶莫辨」。如果「王滿聯姻」，則會「實駭物聽」。歷史上著名的侯景之亂，據說起因亦與婚姻有關，擁有重大兵權的侯景想和士族高門王、謝通婚，梁武帝左思右想，覺得侯景出身寒門，便奉勸他說，「王、謝門高非偶，可於朱、張以下訪之。」唐時，王、謝兩家風光不再，故唐人詩中終於有了這樣的感慨，「舊時王謝堂前燕，飛入尋常百姓家。」如果侯景地下有知，不知又作何種感慨！

西方的王子和灰姑娘的愛情神話，反映的正是現實人間不易實現的理想。中古時代的西方社會，一如東方的中國，「婚姻問閥閱」，講究的是門當戶對。夏綠蒂的名作《簡愛》中富有的莊園貴族愛上貧寒的家庭女教師，最終的結局也還是要讓本來高高在上的貴族男主人公家產毀盡，瞎了雙眼，而本來貧孤無助的女主人公卻得了一筆意外的遺產，拉平了兩人的等級差別，最終走入了婚姻的殿堂。

我的母親在她的女兒們的婚姻大事上，也曾有過不小的擔心，她的擔心是與古今中外一切婚姻中的煩惱都有些不太一樣，不是怕門不當，戶不對，不是等級高低，而是當時大陸特定政治環境使然，是紅與黑的對立。她怕女兒們頂著一頂出身不好的黑帽子找不到好夫君。那時節，沮喪的消息頻頻傳來，我們的一個表姐，是鄉下女孩，清清秀秀，種地餵豬，煮飯漿洗，樣樣能幹，但就是沒人上門提親。終於她自己大著膽子戀愛上了一個平平常常的小夥子，當議及婚嫁時，男孩的母親發話了，「不中！不中（鄉下土話，不行之意）！妳家階級太高，我家不敢娶。」表姐的母親很納悶不解，說，「我家四九年前是名門大族，可如今早已一貧如洗，階級不高，一點也不高。」男孩的母親說，「怎麼不高？地主、富農、中農、貧農，你家是地主，我家是貧農，高了兩級，怎麼還不高？」表姐的婚事吹了……

表姐的失敗與古今中外的婚姻失意者不同，她是因為階級高，不是因為階級低。是林妹妹要去愛焦大，焦大嫌她高高在上，不如自己低低在下安全，或者說革命性更多一些。

無獨有偶，又有一個遠房的堂哥愛上了一位女兵，他和她從小一塊長大。她見過他被老媽揮著掃把在後面追著，脫下褲子就朝屁股蛋上猛打的蒙難記，他見過她拖著鼻涕一不小心就吸進口裡，又酸又鹹卻偷偷享受的模樣兒。堂哥是中學教員，女孩是軍隊女兵，好像既不是女護士，也不是跳舞，唱歌的，是一個在食堂做飯的伙頭軍，想必所知軍事秘密不多。可女兵，那可是個當時人羨慕的好職業，是堂哥這個黑五類子女連做夢都做不出的好職業呢！可他和她相愛了，正準備結婚，忽然聽說軍隊來人審查，一下子就把這門婚事否決了。軍隊說堂哥家階級不好，有礙國防機密，女兵若要嫁，就脫下軍裝。女兵最終捨不得軍裝，和堂哥斷了。後來堂哥也學古人，在自己所屬等級中通婚，找了一位黑五類小姐，才算了卻終身大事。

母親很悲觀，認定她的女兒們在婚嫁大事上要吃些苦頭，幸好，我們都晚婚。到我婚嫁時，已不太查三代，這種鬆動的大氛圍下我便混水摸魚，男孩若問，你家出身如何？我便對曰，「家父教書，家母算帳（會計），祖宗之事一概不詳。」雖然心驚肉跳怕他刨根問底，但世風已轉，婚姻漸漸問錢財幾多？問學歷高低？一如古人所歡呼的那樣：「自五季以來，取士不問家世，婚姻不問閥閱。」當時，大陸已允許出身不好的子弟考大學，婚姻中的歧視現象也少有了。

愛情和婚姻是人類最美麗的事，它不應含雜質，不應受到社會政治的左右。不問家世，愛情面前人人平等，才是人間正道吧！

焦大可以愛林妹妹，祇要他願意。林妹妹也可以嫁焦大，如果基於愛，為什麼不可以呢？我的女友聽了我這番宏論便說：「小舟，如果你兒子長大了有錢有勢，偏偏愛上了窮人家的女兒，你高興嗎？」我說：「高興，這挺好嘛！祇要他愛她。」女友說：「你兒子虧了。」我說：「你怎麼沒想到萬一我兒子是窮小子，有一個闊小姐愛上了他，以我的婚姻不問閥閱的理論，我們不就賺了嗎？」

女友樂了，說，這個理論值得推廣呢！

婚姻與生育

結婚與生育在古人眼中是密不可分的，不孝有三，無後為大，所以古人大都選擇婚姻，單身貴族大概不多。婚姻有愛無愛無關大局，但沒有生育卻是一件萬分糟糕的事。我的外祖父有好幾位太太，她們一不耕耘，二不紡織，只一心一意地生孩子。據老一輩的人說，男人納妾是很正當的事，他有雄心壯志要傳宗接代，要兒孫滿堂。男人狎妓就是壞人壞事，因為妓女不管生小孩子，當然，從良的妓女抱個胖孩子是很仁義的事情。

現代人把婚姻和生育看成一件既有聯繫，又很獨立的事。特別是在美國，兩者可以毫不相干。瑪當娜有孩子無婚姻，而更多的人只要婚姻不要小孩。

婚姻本是生育的擋箭牌，只要有了婚姻，生育就堂而皇之了。不然就是不道德。一般人不敢像瑪當娜那樣，她們往往是先有婚姻，後有生育。有了婚姻的生育，對女人來說較保險。對男人來說是驗明正身，他必須擔負起責任來，他想逃避時，女人可以用婚姻來拴住他。所以，女人比男人更重視婚姻與生育的關係，沒有一紙婚書之前，她不敢也不願生育。

婚姻從兩個人的結合變成有孩子的家庭，雖然吵吵鬧鬧，奶瓶，尿布扔滿一地。孩子叫、大人吵，煩透了，可婚姻直到這時才真正進入高潮。有孩子的家才像一個家，有孩子的婚姻才內容扎扎實實。

有孩子的夫妻的愛的交流像土製的麵包，土法釀製的酒，裝在一個大黑粗瓷罐子裡，味道好極了，但看起來卻不起眼。拖著一大幫流著鼻涕的小孩子怎麼還有心去拉太太的手？還是牽牽小孩子，以免他一不留神就摔跟斗來得現實。那些手挽著手，親親熱熱的夫妻不是沒有孩子，就是孩子已長大。

沒有生育的婚姻我以為是悲哀的，天命的，但亦有它的珍貴之處，兩個人的世界很寧靜，而寧靜本身也就是幸福。

婚姻是一種神秘的緣份，這緣份人人都有，這個世界上沒有一個命中注定的曠男怨女，只要你去尋找，總可以找到。男人和女人像泥土一樣，像空氣一樣，像芳草一樣，遍佈天涯，充盈海角。你不要為自己設置任何條條框框，只說，我要一個男人，或說，我要一個女人，那你一定能找到。上帝為這個世界創造得最多的是人，是男人或女人。是你自己選擇了獨身，而不是命運，婚姻是人能夠自主的事情。

可生育無論如何是一種天定的命運，你想要孩子，想得心焦。你去求靈丹妙藥，做各種最先進的手術，而結果卻可能一無所獲。你想要男孩，因為你家已經成女兒國了，可盼來的還是一個女孩！你要的，他不來，你不要的，她偏偏來了。

婚姻是個人的事，人們看見一位老大不嫁的女人，會說，她眼界高，要找好男人，一般人她瞧不上。可人們看見一位沒有孩子的女人，口氣就苛刻得多。不要生育是個人的自由，而不能生育卻是天定的命運。不少婚姻因為沒能生育而解體，沒有生育的婚姻就像一株不開花、不結果的樹，年復一年，沒有更新和前途。

非常同情那些不能生育的夫妻，他們興高采烈地盼望著，從他們踏上紅地毯的那一刻起，他們就時刻準備著要去做一個偉大的父親和母親。命運不能賜給，命運虧欠了他們。於是，他們便把對孩子的盼望和摯愛轉移給了彼此，我們看見，不能生育的夫妻往往更加恩愛。

生育固然是一件十分美妙的事，但生育有時也會磨損婚姻，它使婚姻變成瑣碎和沉重，不少相愛的夫妻就在這瑣碎和沉重之中泯滅了本來如火如荼的感情。

婚姻和生育是情感與責任的結合，婚姻是感性的，而生育則理性得多。

享受婚姻與生育的美妙，擔負起其間的責任，人的一生，似乎應該這樣去渡過。

婚姻與飲食

我們中國人大概是最先懂得民以食為天這一真理的民族。一切以食為軸心，見面問候語是，「吃了嗎?」早先，大人嫌小孩子不聽話，教訓的方式之一是不准他上桌吃飯。就連婚嫁這等美妙的終身大事，也和吃分不開，談戀愛就是兩個人親親密密地從這家飯館吃到那家街頭小攤。結婚時吃更是必不可少的重頭戲，待到新嫁娘進到夫家，吃更是悠悠大事，唯此唯大了。唐人王建的五言詩中描寫一位精明的新嫁娘說「三日入廚下，洗手作羹湯，未諳姑食性，先遣小姑嘗。」祇要在吃上面大家和睦相處，家庭中，戰爭風雲無端密佈的機率就會少得多。

我和家聲戀愛時，因為他在美國，我在日本，中間隔了個浩瀚無垠的太平洋，我們靠寫信和打越洋電話聯絡感情。大概彼此也都想到過吃這一攸關大事，記得他問過我，「壽司好吃嗎?」我也問過他「漢堡包香嗎?」這類的話，祇可惜未能深入探討，現在想來十分懊悔。其實，婚後才知道當年和他一同熱烈爭議又達成和解的種種都無太大的必要，倒是吃，才是一個男人和女人在組成家庭，實實在在過日子之後最現實的問題。

我性嗜辛辣，從小我家的菜便少不得辣。母親種有五六個品種的辣椒，它們一律長著細長的葉子，開著白色的小花。母親的辣椒系列菜譜記得的有撲辣椒，把辣椒採下，用開水燙過，再放在大太陽下曬乾，此道辣椒無鹽無味，連顏色也是一片慘白，唯辣傲人。其次是辣椒醬，選紅尖椒切碎，拌以蒜瓣、豆豉、鹽、料酒，這道辣菜難在製作，切辣椒時雙手辣得跳將起來，眼睛辣得雙淚直淌，鼻子辣得冒火，連耳朵洞裡也不得倖免。再次是烤辣椒，選肥厚的大辣椒放在火上烤軟，再突然浸入冷水中，去皮拌以醬油、蔴油、陳醋。母親做菜，連湯裡也撒紅紅的辣椒粉。我們是吃著辣椒長大的女兒。如今，人在天涯，記起故鄉，記起慈親，眼前浮現的便是那長的、圓的、紅的、青的辣椒了……

日本人不會吃辣，他們的食譜中很少用到辣椒，反之，糖和醬油是必不可少的主要調料。住在日本時，我家人吃的是從韓國進口的大紅乾辣椒。韓國的辣椒是林妹妹罵寶哥哥的話中形容的那種銀樣蠟槍頭，中看不中用。看起來寓辣於中，隆重的辣一觸便要噴發出來似的，其實一入口，便令嗜辣者有上當的感覺。日本人要嚐辣菜，一定只能去吃泰國館子，他們的菜真的很辣。但那種辣味道不純正，正如美國人的腌辣椒，味道總有些文不對題，感覺怪怪的。

來美國後，經友人指點，買了一種肥肥短短，表面像抹了蠟似的光亮的辣椒，據說來自南美，價格不菲。炒了一吃試試，頗有故國辣椒的滋味。相反，去了一次中國城倒沒尋到純正的辣椒，大都淡得乏味，還有一股青腥氣。

有了辣椒便可開伙了，第一天幫家聲做了四個菜，一道是青椒牛肉絲，一道是辣椒筍絲，一道是乾烤大辣椒，一道是酸辣湯。不是那種甜不甜，辣不辣，酸不酸的哄騙洋人的酸辣湯，而是母親的嫡傳，喝一口，便從喉嚨眼一直辣到腳尖。家裡上無公婆，下無小姑，我只好靜待家聲回來評頭論足了。

他神采飛揚地入席，先裝模做樣地道謝我的辛勞，覺得四菜很有些高標準，往後不必如此排場。然後迫不及待地掀開菜盤上的蓋子，一看紅紅綠綠的辣椒就雙眼一翻，眼白和眼青立即調了個位置，原來此君有恐辣症！

「打清朝那會兒起，我們家就禁辣了。據說是吃了辣，入宮見皇上時火氣亂性，趁著辣椒之餘勇竟敢對皇上出大氣兒，不敢哪！那可是殺頭的大罪！」家聲開玩笑說。我這才有所領悟，我父母一輩子不畏強暴，敢作敢為，沒有半點奴顏卑膝，原來是辣椒給他們壯膽呀！可是我，一輩子畏大人，畏小人言，膽子還沒針眼大，不也是從小吃辣椒長大的？

家聲不肯吃辣，我又不肯不吃辣，雙方妥協的結果是妙一樣菜，我的放辣，他的不放，一菜兩制，倒也其樂融融。只是我一見他吃飯就想起了味同嚼蠟這句話，他一見我吃辣就擔心我的脾性，幸好，他吃得開心，我也沒有因吃辣而犯上做亂。

我常常想，如果我們都嗜辣，或者我們都討厭辣，彼此的心是不是貼得更緊一些？我想是的，可惜那種完美的夫妻，我們注定做不成了。

婚姻與體質

婚姻與相貌有關，一見鍾情，指的便是兩心相悅，純由彼此的外貌而起。女人的漂亮在婚姻上占足了便宜，男人的英俊瀟灑也是博得佳人芳心的重要籌碼。至於婚姻與男女的體質有無關係，好像還沒聽人議起過，但現實生活中，我卻見過不少事例。

我是一個身體很弱的女人，母親懷我時反應劇烈到要入醫院打針止嘔，又不足月就生了下來，小小的我像一隻可憐兮兮的小貓兒。兩歲多就入院留醫，患過肺病，也許還有肝病，雖然先後治愈，但那弱不禁風的樣子，被同學起了個不雅的雅號，叫做星光牌牛奶軟糖。牛奶大概是指我皮膚雪白，或者說慘白。軟糖是沒有筋骨支撐，軟綿綿的提不起精神。星光牌是一種劣質軟糖的牌子，常常沾得不可收拾，還沒入口呢，它就大大咧咧地化了。小時候的我又只肯跟我家保姆吃素，連豬油炒的菜也聞得出來，現在看我童年的相片也不禁啞然失笑，覺得自己像一根細細長長的豆角兒掛在那。少女時代，一直是勞動婦女，跟男人一樣下田種地，挑著一擔擔糞水上坡澆地。進山砍柴在山裡迷了路，差點沒給狼叼走。我沒有胖的福氣，天生體弱又艱苦辛勞，拖垮了本來就不好的身體。我為求自強，開始自修醫學，我家人都懂些醫，雖然我們不是醫生。我能開中藥方子，對西醫理論也不陌生。在日本時，好些中國人留學生都愛找我幫他們看病，一般不會出什麼大錯，又不要錢，省時間。直到現在，我有小病都自己治，家聲的健康管理也是我過問。因為體質弱，我經不起什麼大風大浪，不會打麻將至深夜，也不能伏案寫作太長時間，交際應酬的事如果太費精力和時間我就擔當不起了，人一多一亂我就覺得頭昏腦漲，趕快避開。從小就聽母親感嘆道，小舟這麼弱，長大了怎麼辦呢？

嫁給家聲後，發現我倆精力、體力不一樣，他很少頭疼腦熱，白天絕對不睡午覺，雖不是體健如牛，卻是經得起勞累和折騰。有時一同出外，我累了，想歇一會，他幹勁正足，偏不肯歇下來。他不知失眠為何物，我卻多年以來一直為失眠苦惱，什麼安眠藥都不太管用，那種睜著雙眼，靜候黎明的滋味真不好受……

我相信人有火氣的學說，吃油炸的東西，性燥的東西或在太陽下曝曬都會生火。我一上火就口舌長疔，頭臉冒包，比著賽似的疼。可家聲不信這一套，他說怪了，人怎麼會有火呢？我可從來沒見你身上起過火。要有火，趕快操起水管子朝你身上淋淋不就好了嗎？跟他講不通的。他吃油炸的食物，剛從油鍋中撈出就塞到嘴裡去了。他在大太陽下曝曬，他反對一切我信奉已久的養生哲學。他見別人打太極拳就笑，說是摸魚。練香功是發瘋，刮痧是巫術。我不舒服想在床上躺躺他不理解，一律斥之偷懶。要我起來跑步，做操或跟他去健身房。朋友來家裡玩，他留住不讓走，深夜一兩點了還說早，我這邊眼皮直打架，他那廂玩興正濃。開車去外邊旅遊，倆人換著開車，我開時他在一旁唱歌，說話，大吃大喝。他開時我就爬到後座看風景或睡覺，沒有一點動靜。他很傷心，說我不在乎他，害得他好悶。晚上倆人總要為是否住店吵上幾架，他要連夜開，因為他不覺得累，累了也能在車上睡得著。我卻挺不住，一定要找個旅店歇一下，洗洗澡，睡得舒服些。倆人一同去登山，從來步調不一致，他要連翻兩座山，我卻只能翻一座，於是妥協的結果是我在途中坐下等他。有時一個人在那等好可怕，想想害怕得哭起來，想跟他走，體力又不夠，要他不要再往前走又覺得不好，他可以爬上去為什麼要攔住他，扯他的後腿呢？

我四妹和他的丈夫卻是一對身體素質很好，精力過剩的夫妻。他倆一玩就玩個通宵，從不覺得累。上午冒出一個去哪遊玩的主意，下午就開車在千里之外了。倆人都經得住折騰，吃苦耐勞，體力上很相近。母親說，四妹經得起摔打。他倆買了一座舊公寓，從油漆，換地毯，修水管，補房頂樣樣自己幹，累了就在地上隨便一躺，不出兩分鐘就進入夢鄉。倆人都不知醫院的門朝哪邊開，他們根本不跟醫生打交道。餓了隨便吃點什麼，冷的，熱的，乾的，稀的，通通塞進肚子裡，卻從來不鬧胃病。因為倆人體質一樣，對世界萬事萬物的感覺也就差不多少，既然差不多少，矛盾也就少得多。我看著四妹的婚姻，覺得他倆要比我和家聲更和諧。好像兩匹並駕齊驅的馬比一匹跑得快，一匹跑不快更和諧。

看來，婚姻問體質，也算重要一條呢！

婚前的盲點

我的一位女友對她的丈夫據說在戀愛時便瞭如指掌。她上的是物理系，男友是她的同班同組的同學。她知道此君不少秘密逸事，比如好激動，一激動就六親不認。又比如用錢大手大腳，每次在食堂碰見他老兄買飯菜，從來都只吃葷菜，難怪肥頭大耳。更有趣的是，女友的胞弟也在物理系上學，有幸與未來的姊夫同寢室，曾在姊姊嫁給姊夫時爆出內部消息，說未來的姊夫當年上床從不洗臉，遑論洗腳。一雙手就是梳子，每天起床時胡亂頭上抓兩下。上排衣扣與下排衣扣竟有幸相逢，還好他提醒他。又說此君白天黑夜顛倒，生理時鐘與常人有異。

我的女友把這些所有情報都仔細分析一通，認為人無完人，金無足赤，婚後再行改造不遲，依然嫁了他。如今女友與夫婿已高高興興地度過六載婚姻歲月，只聽說夫婿仍不愛洗臉，尤恨洗腳，但女友婚前已知這點，所以一直一床兩被，清者自清，污者自污，倒也相安無事。可見，婚前彼此的了解對婚姻的成功或失敗關係重大，萬萬疏忽不得。

但，並不是所有的男人和女人都有婚前把彼此了解得透透徹徹的機遇和幸運，婚姻之所以是一件危險性很高的事情，原因就在婚前的盲點很多。你不是去商場購物，可以左看看，右瞧瞧，甚至還可以試用，試穿。婚姻就要嚴肅得多，現在不少男女正式結合之前都試著同居，這樣做當然可以克服一些婚前的盲點，但同居本身也就是風險性極高的冒險，是把自己抵押進去了。先同居，後結合的夫妻往往失去了婚姻的神秘與莊重，反而先在心中看輕了對方。

婚前的盲點也許有賴於婚後夫妻的進一步了解和彼此的寬容與協調來解決。盲點在婚後總會一一展露出來，不要大驚小怪，而要以平常心待它，彼此惜緣，相信可以掃除盲點，取得協調。

姻緣是一種最神秘的緣分，彷彿是命運的，但姻緣更是一種男人與女人尋求共識的主觀努力和創造。婚前的盲點是婚姻中必須要克服的一道障礙，超越它，後面的路就要平坦得多。

我的大妹妹是一個大大咧咧的豪爽女人，做事漫不經心，連找丈夫也是馬馬虎虎，她結婚也很晚，不是找不到，是根本就沒找。她三十四歲時，有人給她拉來一位牛先生，祖籍河南，所以我母親半開玩笑半認真的稱他為河南牛氏。我三妹妹警惕性很高，提醒大家說，我家姓夏，可是華夏之正，挺榮光的。怎麼可以和牛啦、馬啦論及婚姻呢？我父親是個飽讀詩書的人本主義者，反對一切人與人之間的歧視，立即反唇相稽說，「莫要亂講，隋代名臣牛弘，本姓寮，賜姓牛，隋煬帝時主撰大業律。唐代也有名臣叫牛僧孺，牛啦馬呀都不錯。」大妹妹在一旁聽了很喜歡，當下就決定嫁給那位牛先生了。

牛先生人不錯，學問好，身體強，是作家老舍先生在鼓勵梁實秋先生的女兒梁文薔寫下的「身體強，學問好，才是最好的公民」中描繪的一樣，是個好公民。可惜新婚不久，才發現這位牛先生是回族，回族也不是什麼不好的事，只是牛先生不吃豬肉，也不吃豬油炒的菜，跟豬誓不兩立，當然豬皮鞋還是穿的。倒是跟牛很有感情，指定只吃牛肉。大妹妹呢，正相反，她和我們夏家人一樣，認為豬肉性溫和，牛肉性熱，吃了上火。大妹妹從此很痛苦，她說我太粗心大意了。婚前怎麼就忘了問他呢？小妹妹說，咦！怪了，你倆談戀愛時不是這家吃到那家嗎？大妹妹說，唉！兩人裝斯文，吃的都是奶油蛋糕、雀巢咖啡！哪裡正經吃過飯嘛！瞧，婚前的盲點出來了吧！幸好大妹妹是個很體貼別人的好女人，她說嫁雞隨雞，嫁狗隨狗。我嫁了牛就隨牛吧！她也不吃豬肉了。婚前的盲點是依靠大妹妹的忍讓解決的。家聲去日本相親時，我為了顯示自己，特意彈了一曲鋼琴給他聽，他說，好！好！滿好的，說了三個好。可婚後才發現他痛恨鋼琴，說呯呯呯，吵得人心慌亂。還是笛子啊、二胡呀、鑼鼓呀這些國粹好聽。所以我家沒有鋼琴，只有一支竹笛。母親知道很傷心，說怎麼弄來弄去都是我們夏家的女兒退讓呢！老二不吃豬肉，老大不彈琴了。老大不彈琴也罷了，她本來就是亂彈琴，可不吃豬肉多痛苦，在這世界上還有什麼比豬肉更香的東西呢？

母親怪誰去？都是婚前的盲點在作怪呢！

三民叢刊書目

㉖作家與作品　謝冰瑩著
㉗冰瑩書信　謝冰瑩著
㉘冰瑩遊記　謝冰瑩著
㉙冰瑩憶往　謝冰瑩著
㉚冰瑩懷舊　謝冰瑩著
㉛與世界文壇對話　鄭樹森著
㉜捉狂下的興嘆　南方朔著
㉝猶記風吹水上鱗
・錢穆與現代中國學術　余英時著
㉞形象與言語
・西方現代藝術評論文集　李明明著
㉟紅學論集　潘重規著
㊱憂鬱與狂熱　孫瑋芒著
㊲黃昏過客　沙　究著
㊳帶詩蹺課去　徐望雲著
㊴走出銅像國　龔鵬程著
㊵伴我半世紀的那把琴　鄧昌國著
㊶深層思考與思考深層　劉必榮著
・轉型期國際政治的觀察
㊷瞬　間　周志文著
㊸兩岸迷宮遊戲　楊　渡著
㊹德國問題與歐洲秩序　彭滂沱著
㊺文學關懷　李瑞騰著
㊻未能忘情　劉紹銘著
㊼發展路上艱難多　孫　震著
㊽胡適叢論　周質平著
㊾水與水神　王孝廉著
・中國的民俗與人文
㊿由英雄的人到人的泯滅　金恆杰著
・法國當代文學論集
51重商主義的窘境　賴建誠著
52中國文化與現代變遷　余英時著
53橡溪雜拾　思　果著
54統一後的德國　郭恆鈺主編
55愛廬談文學　黃永武著
56南十字星座　呂大明著
57重疊的足跡　韓　秀著
58書鄉長短調　黃碧端著
59愛情・仇恨・政治　朱立民著
・漢姆雷特專論及其他

⑥⓪蝴蝶球傳奇　顏匯增著
・真實與虛構
⑥①文化啓示錄　南方朔著
⑥②日本這個國家　章陸著
⑥③在沉寂與鼎沸之間　黃碧端著
⑥④民主與兩岸動向　余英時著
⑥⑤靈魂的按摩　劉紹銘著
⑥⑥迎向眾聲　向陽著
・八〇年代臺灣文化情境觀察
⑥⑦蛻變中的臺灣經濟　于宗先著
⑥⑧從現代到當代　鄭樹森著
⑥⑨嚴肅的遊戲　楊錦郁著
・當代文藝訪談錄
⑦⓪甜鹹酸梅　向明著
⑦①楓香　黃國彬著
⑦②日本深層　齊濤著
⑦③美麗的負荷　封德屏著
⑦④現代文明的隱者　周陽山著
⑦⑤煙火與噴泉　白靈著
⑦⑥七十浮跡　項退結著
・生活體驗與思考
⑦⑦永恆的彩虹　小民著
⑦⑧情繫一環　梁錫華著
⑦⑨遠山一抹　思果著
⑧⓪尋找希望的星空　呂大明著
⑧①領養一株雲杉　黃文範著
⑧②浮世情懷　劉安諾著
⑧③天涯長青　趙淑俠著
⑧④文學札記　黃國彬著
⑧⑤訪草（第一卷）　陳冠學著
⑧⑥藍色的斷想　陳冠學著
・孤獨者隨想錄
⑧⑦追不回的永恆　彭歌著
A・B・C全卷
⑧⑧紫水晶戒指　小民著
⑧⑨心路的嬉逐　劉延湘著
⑨⓪情書外一章　韓秀著
⑨①情到深處　簡宛著
⑨②父女對話　陳冠學著

⑨③	陳冲前傳	嚴歌苓著
⑨④	面壁笑人類	祖　慰著
⑨⑤	不老的詩心	夏鐵肩著
⑨⑥	雲霧之國	合山　究著
⑨⑦	北京城不是一天造成的	喜　樂著
⑨⑧	兩城憶往	楊孔鑫著
⑨⑨	詩情與俠骨	莊　因著
⑩⓪	文化脈動	張　錯著
⑩①	桑樹下	繆天華著
⑩②	牛頓來訪	石家興著
⑩③	深情回眸	鮑曉暉著
⑩④	新詩補給站	渡　也著
⑩⑤	鳳凰遊	李元洛著
⑩⑥	文學人語	高大鵬著
⑩⑦	養狗政治學	鄭赤琰著
⑩⑧	烟　塵	姜　穆著
⑩⑨	河　宴	鍾怡雯著
⑪⓪	滬上春秋	章念馳著
⑪①	愛廬談心事	黃永武著
⑪②	吹不散的人影	高大鵬著
⑪③	草鞋權貴	嚴歌苓著
⑪④	是我們改變了世界	張　放著
⑪⑤	夢裡有隻小小船	夏小舟著
⑪⑥	狂歡與破碎	林幸謙著
⑪⑦	哲學思考漫步	劉述先著
⑪⑧	說涼	水　晶著
⑪⑨	紅樓鐘聲	王熙元著
⑫⓪	寒冬聽天方夜譚	保　真著
⑫①	儒林新誌	周質平著
⑫②	流水無歸程	白　樺著
⑫③	偷窺天國	劉紹銘著
⑫④	倒淌河	嚴歌苓著
⑫⑤	尋覓畫家步履	陳其茂著
⑫⑥	古典與現實之間	杜正勝著
⑫⑦	釣魚臺畔過客	彭　歌著
⑫⑧	古典到現代	張　健著
⑫⑨	帶鞍的鹿	虹　影著
⑬⓪	人文之旅	葉海煙著

131 生肖與童年　小民著 喜樂圖
132 京都一年　林文月著
133 山水與古典　林文月著
134 冬天黃昏的風笛　呂大明著
135 心靈的花朵　戚宜君著
136 親　戚　韓　秀著
137 清詞選講　葉嘉瑩著
138 迦陵談詞　葉嘉瑩著
139 神樹　鄭　義著
140 琦君說童年　琦　君著
141 域外知音　張堂錡著
142 遠方的戰爭　鄭寶娟著
143 留著記憶・留著光　陳其茂著
144 滾滾遼河　紀　剛著
145 王禎和的小說世界　高全之著
146 永恆與現在　劉述先著
147 東方・西方　夏小舟著
148 嗚咽海　程明琤著

149 沙發椅的聯想　梅　新著
150 資訊爆炸的落塵　徐佳士著

⑮1 沙漠裡的狼

白樺 著

像在冷冽的冬夜裡啜飲著濃烈的茶，感受一種在蒼茫大地上，心海澎湃的震顫。那麼地古老、深沈，剎時間，恍若置身廣闊的大漠，一回首，就是長城。這是金鼎獎作家又一直指人性，內容深刻的作品，請您在一個適合沈思的夜晚，漫步中國。

⑮2 風信子女郎

虹影 著

一本能深刻引起讀者共鳴的小說，其必然與人世現實生活有著緊密的關連。本書作者秉持著對人的命運的關切，遠勝於對以往藝術形式的關注，賦予了文學創作的生命。從本書作者對人物刻劃描述的過程中，可窺知作者對此一理念的堅守。

⑮3 塵沙掠影

馬遜 著

生命的旅途中，有許多可掌握的機運，但似乎一半早已註定……。馬遜教授從故鄉到異國求學，最後來臺定居，繼而與佛結了不解之緣。滿懷豐富的情感，細膩的筆觸，深刻的寫下了旅赴歐美等地之點滴情事，而念舊懷恩之情愫亦時時浮現於文中。

⑮4 飄泊的雲

莊因 著

歲月的洗禮，在人們內心深處烙印著痛苦、悲哀、快樂與美好的回憶。由於時代的變動、戰爭的摧折，作者歷盡滄桑的輾轉遷徙，使那些漂流不定、幻化多變的過往，煥發出人生的智慧。就讓我們乘著飄泊的雲，領會「知足常樂，隨遇而安」的生活哲理。

⑮⑤ 和泉式部日記

林文月 譯·圖

本書為日本平安時代文學作品中與《源氏物語》、《枕草子》鼎足而立的不朽之作。書中以簡淨的日記形式，記錄了一段不為俗世所容的戀情。優美的文字，纏綿的情詩，展現出愛情生活中細膩的起伏感受與歡愁，穿越時空，緊扣你我心弦。

⑮⑥ 愛的美麗與哀愁

夏小舟 著

愛情之於女人，常常是引誘飛蛾撲火的明燈，是絢麗的毒花，可女人偏偏渴望愛情。作者列舉許多男女的愛情、婚姻故事，郎才女貌未必幸福，摯情摯愛未必有緣，只是男人與女人之間如同萬物的規則，一物降一物，鹵水點豆腐，魔高一尺，道高一丈。

⑮⑦ 黑月

樊小玉 著

丁小玎隨著所在的中國公司到國外做勞務承包。因為是公司的英語翻譯，加上辦事勤快，見了人又總是一個柔柔和和的笑，於是很快就引起當地大部分男人的注意；而小玎能否在心儀的外交人員與愛慕自己的餐廳老闆間找到最後情感的歸宿？……

⑮⑧ 流香溪

季仲 著

作者透過一群「沿江吉普賽人」在流香溪畔發生的動人故事，牽引出現代觀念與傳統文化的價值矛盾、中日文化的碰撞衝突、人與自然的挑戰，以及善與惡的拉扯等；全書行文時而如行雲流水，時而又如波濤洶湧，讀來意趣盎然，發人深省。

⑮⑨ 史記評賞

賴漢屏 著

司馬遷《史記》一三〇篇，既是「究天人之際，通古今之變」的史學鉅著，也是我國古代傳記文學的精華。本書作者自幼即喜讀《史記》，從師學習，如今蘊藉已深，以其深厚的治學基礎，發為見解獨具的文采手華，帶領讀者一探《史記》博雅的世界。

⑯⓪ 文學靈魂的閱讀

張堂錡 著

文學的力量使孤寂的心靈得到慰藉，貧乏的人生變得富有，唯有肯駐足品味的人才能透晰其所傳達出最深藏的祕密。本書共分三輯，窺視文學蘊含的殷情深意；感受其求新求變以及對大環境的價值。各自激發不盡的聯想與深沈的感動。

⑯① 抒情時代

鄭寶娟 著

在平淡無奇的生活中，你可曾留意生命中點點滴滴不平凡的小故事？作者以其平實的筆觸，刻劃出看似平凡卻令人難以遺忘的人生軌跡，你我都可能身在其中。書中情節所到之處，或許平凡、或許悲傷，但卻也不時充滿著生命的躍動，值得細細體會。

⑯② 九十九朵曇花

何修仁 著

人生有多少夢境會在現實中重複出現？是山間的樵歌？白雲間的群雁？還是昔日遠方純樸、悠閒的鄉間漫步？作者來自屏東，以濃郁深摯的筆調，縷縷細述人生中最動人的記憶，伴隨你我，步履於南臺灣的舊日情懷，一同感受人間最純摯的情感。

⑯③ 說故事的人

彭歌 著

這是作者多年來觀察文壇、社會與新聞界的肺腑之言。輯一故事與小說自不同角度探討小說寫作；輯二人與文刻劃出許多已逝人物卓然不凡的風範；輯三海外生涯則寫遊記、觀賞職籃等旅居海外之觀感。讀了此書，彷彿親身經歷了一趟時空之旅。

⑯④ 日本原形

齊濤 著

從明治維新以來，日本的一舉一動都對世界有著深遠的影響，尤其對臺灣來說，其影響更是巨大。作者長期旅日，摒除坊間「媚日」或「仇日」的論調，以客觀的描述，剖析日本的現形。對想要了解日本時勢與脈動的人來說，是不得不看的一本好書。

⑯⑤ 從張愛玲到林懷民

高全之 著

作者以嚴謹誠虔的態度，客觀分析的筆調，來評論臺灣當代小說，深深讓讀者了解近代文學的特點，進而深入九位作者的作品中，提供一些深刻的創見，帶領你我欣賞文學的美與實，進而體驗文學對生命喜悅、悲哀等生動的描述。

⑯⑥ 莎士比亞識字不多？

陳冠學 著

莎士比亞識字不多！一直以來被誤認是個偉大的作者。讀過本書，應能還莎士比亞一個清白，他絕對不是一個掠美者。這把聖火在臺灣重新點燃，希望將來這聖火能夠由臺灣再度傳回英國，傳到世界各地，也好讓莎士比亞的靈魂得到真正的安息。

⑯⑦ 情思‧情絲

龔華 著

「妳，像野薑花；清香，混合在黎明裏，催我甦醒。沒有妳，我睜不開眼睛，走進陽光的世界。她，是我在黃昏裏，永遠踩不到的影子。像夜來香，惑我走進黑夜的濃郁……」本書集結了龔華在〈中副〉發表的散文，篇篇情意真摯，意境深遠，值得細細品味。

⑯⑧ 說吧，房間

林白 著

一個是離婚、失業的中年婦女，一個是愛熱鬧的單身貴族。兩個背景、個性迥然不同的女子，為何會發展出一段患難與共的交情？且看兩個女子的心情告白。本書在作者犀利細膩的筆調下，深刻描繪出都會女子的愛恨情仇、悲歡離合，值得細細品味。

⑯⑨ 自由鳥

鄭義 著

六四事件的悲憤情緒才剛平復，對八九民運功過的批判聲音竟已隨之響起。對此，大陸流亡作家鄭義，以一幕幕民運歷程與鐵幕紀實，中訴著他的心痛與不平。文中流露對同胞的關懷和自由的嚮往，深深地牽引著每一個中國人心中的沈痛與感動。

⑰⓪ 魚川讀詩

梅新 著

詩是抒情的天堂，但並非每個人都能領會其中的意涵。本書是梅新先生的遺作，首創以雜文式的筆調評論詩作，不依恃理論，反而使篇章更形活潑，有就事論事的評述，也有尖銳的諷喻，語帶機鋒，趣味盎然。引領您一窺知性與感性的詩情世界。

⑰ 好詩共欣賞

葉嘉瑩 著

本書作者葉嘉瑩教授，融會西方接受美學、符號學及中國詩論，來解讀陶淵明、杜甫、李商隱的作品，分析了三人作品的形象、情意和其中所含的隱微深意，並從興發感動讀者的角度來詮釋作品的成功與否，是喜愛古典詩的讀者不可錯過的好書。

⑰ 永不磨滅的愛

楊秋生 著

現代人的生活壓力大，使得人生危機四伏，生活充滿徬徨、疲倦和無力感。如何化解此一危機？作者以多年學佛的體驗，以及和家人朋友互動的點點滴滴，而了解到愛的真義，並希望能將愛分享給每個人，以重燃信心和希望。

⑰ 晴空星月

馬遜 著

大崙山上，晴空萬里，夜色如銀，星月交輝。作者因佛緣，追隨曉雲法師的步履，出掌華梵大學，以發揚佛教教育為己任。本書除叮嚀青年學子的話語外，還有對社會大眾闡發佛法精神的演講。其智慧的話語，如醍醐灌頂，為淨化心靈的一帖良方。

⑰ 風景

韓秀 著

韓秀，一個出生於紐約，卻長年往返於世界各地的奇女子。在雅典、在開羅、在布達佩斯、在臺北、在高雄、在北京，作者皆能以其敏銳的心觀察她所造訪過的每一寸土地，以其向具纖細的筆觸，使一幅又一幅的動人「風景」躍然出現在您的面前！

⑰⑤ 談歷史 話教學

張元 著

作者以二位高一新生對歷史課程的困惑為引子，藉著師生座談對話的方式，從北京人時代到西晉，針對高中歷史教材，試圖以「史料閱讀」的方法鮮明地建構各代的歷史圖像，在活潑的對白間既談歷史意涵又話歷史教學，相當適合高中教學的參考。

⑰⑥ 兩極紀實

位夢華 著

任何人想要親臨兩極之地恐怕都不是件容易的事。作者因從事研究工作之便，足跡跨越兩極，將在極地所見所聞之動物奇觀、自然景致乃至當地所受文明衝擊，或以幽默輕鬆，或以深沈關懷的筆調娓娓道來，是無緣親至極地的讀者絕不可錯過的佳作。

⑰⑦ 遙遠的歌

夏小舟 著

世上只有兩種人，男人和女人。然而男女之間的恩愛情仇，卻糾葛難解。本書作者以一篇篇幽默的短篇故事，道盡世間男女的愛恨嗔痴。在她細膩委婉的筆下，愛情的本質和婚姻的面貌都一一呈現，必可帶給你前所未有的感受與體悟。

⑰⑧ 時間的通道

簡宛 著

「人生，是一條時間的通道，每一個人所走的方向和目標雖然不一樣，但是經過的路程卻是相似的……」當人們沈溺於歲月不待人的迷茫和感嘆時，作者平實的筆調將帶著我們對生活多用一點心思和一點執著，會使我們的「通道」裏，留下一點痕跡。

⑰9 燃燒的眼睛

簡宛 著

作者以自身多年來在美國的異域生活為背景，輔之敏銳的觀察力、豐富的情感、濃郁深摯的筆調，從而幻化出一篇篇感人肺腑的故事。尤其對於旅居海外異鄉遊子們的心境描寫更是深刻動人，是一本值得再三玩味的小說。

⑱0 月兒彎彎照美洲

李靜平 著

沒來美國時還不知那生活啥款；來了才知樣——啊！真夭壽！　來到美國，是穿梭在黑白紅黃人群間；或在房裡看華語電視？是在壁爐邊吃耶誕大餐；還是窩伴著一桌熱火鍋？在忙碌的陽光下，可想起夜空裡一彎新月？月兒彎彎，訴說的又是誰的故事？

⑱1 愛廬談諺詩

黃永武 著

諺詩，是指用諺語聯成的詩，由於聯接巧妙加上意外組合，因此往往會有不可料想的妙趣出脫。如捉豬上板櫈，走馬看天花；成人不自在，做鬼也風流，等等。本書將帶你悠遊中國式幽默，探索諺語的源頭，喜愛好書的你，可千萬不能錯過！

⑱2 劉真傳

黃守誠 著

劉真，一位自四十年代開始影響國內教育最鉅的教育家。本書自劉真先生家學淵源寫起，隨著時間軌跡，記錄了他如何在風雨飄搖的年代裡為教育此類百年大業做出努力；因此雖然本書為劉真先生個人傳記，卻同時也是了解現今教育體制的最佳參照。

⑱天涯縱橫

位夢華 著

以兩極生態氣候的研究為基礎，作者建構了此書的論理與想像世界。內容從極地景致、開拓艱辛及天文物理觀念，引申至有關宇宙天人及環保的許多想法，包容科學與文學，兼具知性與感性。讓您在詼諧而深切的筆調中，激發對地球的關懷與熱愛。

⑱中國新詩論

許世旭 著

中國詩歌，無論新舊，是一座甘泉，若不掬飲，口渴神焦，……。作者係韓國人士，長年沈浸在中國文學之中，對於在中國新詩的源起及兩岸新詩風格的異同，均有獨到而精闢的見解。是讀者拓寬視野，更深入了解中國新詩之發展所必備的好書。

國家圖書館出版品預行編目資料

遙遠的歌／夏小舟著.--初版.--臺北
市：三民，民87.--(三民叢刊;177)
面； 公分
ISBN 957-14-2824-8 (平裝)

857.63　　　　87003071

網際網路位址　http://sanmin.com.tw

© 遙　遠　的　歌

著作人　夏小舟
發行人　劉振強
著作財產權人　三民書局股份有限公司
臺北市復興北路三八六號
發行所　三民書局股份有限公司
地　址／臺北市復興北路三八六號
電　話／二五〇〇六六〇〇
郵　撥／〇〇〇九九九八——五號
印刷所　三民書局股份有限公司
門市部　復北店／臺北市復興北路三八六號
重南店／臺北市重慶南路一段六十一號
初　版　中華民國八十七年四月
編　號　S 85426
基本定價　叁元陸角
行政院新聞局登記證局版臺業字第〇二〇〇號

有著作權・不准侵害

ISBN 957-14-2824-8 (平裝)